홍길동전

허균

홍길동전

정하영 옮김

펭귄클래식코리아

홍길동전

1판 1쇄 발행 2009년 1월 23일
1판 19쇄 발행 2022년 7월 4일

지은이 | 허균 옮긴이 | 정하영
발행인 | 이재진 단행본사업본부장 | 신동해
편집장 | 김경림 마케팅 | 최혜진 이은미 홍보 | 최새롬
국제업무 | 김은정 제작 | 정석훈

브랜드 펭귄클래식 코리아
주소 경기도 파주시 회동길 20
문의전화 031-956-7213 (편집) 02-3670-1123 (마케팅)
홈페이지 www.wjbooks.co.kr
페이스북 www.facebook.com/wjbook
포스트 post.naver.com/wj_booking

발행처 ㈜웅진씽크빅
출판신고 1980년 3월 29일 제406-2007-000046호

ISBN 978-89-01-09158-7 04800
ISBN 978-89-01-08204-2 (세트)

• 잘못된 책은 구입하신 곳에서 바꾸어 드립니다.
• 책값은 뒤표지에 있습니다.

차례

홍길동전

경판 24장본

조선조 세종 때에 한 재상이 있었는데 성은 홍씨요, 이름은 아무개였다. 대대 명문거족의 후예로서 젊은 나이에 급제하여 벼슬이 이조판서에까지 이르렀다. 명성이 조정에서 으뜸이었으며 충성스럽고 효성스러워 그 이름을 온 나라에 떨쳤다.

일찍이 두 아들을 두었는데 하나는 이름이 인형으로 본부인 유씨가 낳았고, 다른 하나는 이름이 길동으로 시비(侍婢)[1] 춘섬이 낳았다.

길동을 낳기 전에 홍공(洪公)이 잠을 자는데 갑자기 우레와 벽력이 진동하며 청룡이 수염을 거꾸로 세우고 공을 향하여 달려들기에 놀라 깨니 한바탕 꿈이었다. 마음속으로 크게 기뻐하여 생각하기를,

'내 이제 용꿈을 꾸었으니 반드시 귀한 자식을 낳으리라.'

하고 즉시 안방으로 들어가니 부인 유씨가 일어나 맞이하였다.

---

1) 곁에서 시중을 드는 계집종을 이르는 말이다.

공은 부인의 손을 이끌어 바로 동침하고자 하였으나 부인은 정색하고,

"상공의 체통이 있으신데 이를 생각하지 않으시고 경박한 젊은이의 더러운 행실을 하고자 하시니 저는 따르지 못하겠나이다."

하면서 말이 끝나자 손을 뿌리치고 나가 버렸다. 공은 몹시 무안하여 화를 참지 못하고 사랑채로 나와 부인의 지혜롭지 못함을 한탄하고 있었다. 그때 마침 시비 춘섬이 차를 받들고 나왔다. 마침 주위에 사람이 없는 틈을 타서 춘섬을 이끌고 곁방에 들어가 바로 관계를 가졌는데 그때 춘섬의 나이 열여덟이었다.

춘섬이 한번 몸을 허락한 후에는 문밖을 나가지 아니하고 다른 사람과 혼인할 마음도 먹지 않으므로 공이 기특하게 여겨 첩으로 삼았다. 그달부터 태기(胎氣)가 있더니 열 달 만에 옥동자를 낳았는데 생김새가 비범하여 실로 영웅호걸의 기상이었다. 공은 한편으로 기뻐하면서도 부인의 몸에서 태어나지 못한 것을 안타깝게 여겼다.

길동이 점점 자라 여덟 살이 되자 총명하기가 보통이 넘어 하나를 들으면 백을 깨달았다. 공은 더욱 귀여워했지만 천한 어미 소생이어서 길동이 늘 아버지니 형이니 하고 부르면 그때마다 꾸짖고 그렇게 부르지 못하게 하였다. 길동이 열 살이 넘도록 감히 아버지와 형을 부르지 못하는 데다가 종들로부터도 천대받는 것을 뼈에 사무치게 한탄하면서 마음 둘 바를 몰랐다.

"대장부가 세상에 나서 공자와 맹자를 본받지 못할 바에야

차라리 병법이라도 익혀 대장인(大將印)[2]을 허리춤에 비스듬히 차고 동서로 정벌하여 나라에 큰 공을 세우고 이름을 만대에 빛내는 것이 장부의 통쾌한 일이 아니겠는가? 나는 어찌하여 이렇게 외롭고, 아버지와 형이 있는데도 아버지를 아버지라 부르지 못하고 형을 형이라 부르지 못하니 심장이 터질 지경이라, 이 어찌 통탄할 일이 아니겠는가!"

말을 마치자 뜰로 내려가 검술을 익히기 시작하였다. 그때 마침 홍공이 달빛을 구경하다가 길동이 서성거리는 것을 보고 즉시 불러 물었다.

"너는 무슨 흥이 있어서 밤이 깊도록 잠을 자지 않고 있느냐?"

길동은 공손한 태도로 대답하였다.

"소인은 마침 달빛을 즐기는 중입니다. 만물이 생겨날 때부터 오직 사람이 귀하게 태어났으나 소인에게는 이런 귀함이 없사오니 어찌 사람이라 하겠는지요?"

공은 그 말의 뜻을 짐작은 했지만 모른 척하고 꾸짖기를,

"너 이게 무슨 말이냐?"

하니 길동이 절하고 말씀드리기를,

"소인이 평생 서러워하는 바는 대감의 정기를 받아 당당한 남자로 태어났고, 낳으시고 길러주신 부모님의 은혜를 입었음에도 아버지를 아버지라 부르지 못하옵고 형을 형이라 부르지 못하오니, 어찌 사람이라 하겠습니까?"

---

2) 몸에 지녀 대장임을 알리던 도장을 말한다.

하고 눈물을 흘려 적삼을 적셨다. 공이 듣고 보니 불쌍한 생각은 들었으나 그 마음을 위로하면 방자해질까 염려되어 크게 꾸짖었다.

"재상가의 천한 자식이 너뿐이 아닌데, 네 어찌 이다지 방자하냐? 앞으로 다시 이런 말을 하면 내 눈앞에 두지 않겠다."

이렇게 꾸짖으니 길동은 감히 한마디도 더 하지 못하고, 다만 땅에 엎드려 눈물만 흘릴 뿐이었다. 공이 물러가라 하자 그제야 길동은 잠자리로 돌아와 슬퍼해 마지않았다.

길동이 본래 재주가 뛰어나고 도량이 활달하여 마음을 가라앉히지 못하고 밤이면 잠을 이루지 못하다가 하루는 어머니 방에 가 울면서 아뢰었다.

"소자가 모친과 전생의 인연이 중하여 이승에서 모자 사이가 되었으니 그 은혜가 지극합니다. 그러나 소자의 팔자가 기박하여 천한 몸이 되었으니 품은 한이 깊사옵니다. 대장부가 세상에 살면서 남의 천대를 받음이 불가한지라. 소자는 이 설움을 억제하지 못하여 모친 슬하를 떠나려 하오니 엎드려 바라건대 모친께서는 소자를 염려하지 마시고 귀하신 몸을 잘 돌보십시오."

그 어미가 듣고 나서 깜짝 놀라며,

"재상가의 천한 자식이 너뿐이 아닌데 어찌 마음을 좁게 먹어 어미 간장을 태우느냐?"

하니 길동이 대답하였다.

"옛적에 장충의 아들 길산(吉山)은 천생(賤生)이었지만 열세 살에 그 어머니를 이별하고 운봉산에 들어가 도를 닦아 아름다운 이름을 후세에 전하였습니다. 소자도 그를 본받아 세상을 벗어나려 하오니 모친은 안심하고 후일을 기다리시옵소서. 근래에 곡산어미의 눈치를 보니 상공의 사랑을 잃을까 하여 우리 모자를 원수같이 알고 있어 장차 큰 화를 입을까 하오니 모친께서는 소자가 나감을 염려하지 마십시오."

그 어미가 이 말을 듣고 같이 슬퍼하였다.

원래 곡산어미는 곡산 땅 기생으로 상공의 첩이 되었는데 이름은 초란이었다. 아주 교만하여 자기 마음에 맞지 않으면 공에게 고자질을 해서 집안에 무수한 폐단을 만들었다. 자신은 아들이 없는데 춘섬은 길동을 낳아 상공으로부터 늘 귀여움을 받게 되자 속으로 앙심을 품고 길동을 없애 버릴 마음만 먹고 있었다.

하루는 초란이 흉계를 꾸미고 무녀(巫女)를 청하여 말하였다.

"내가 편안하게 살려면 길동을 없애는 길밖에 없다. 만일 내 소원을 이루어주면 그 은혜를 후하게 갚겠다."

무녀가 듣고는 기뻐서 대답하였다.

"지금 홍인문 밖에 제일가는 관상녀가 있는데 사람의 상을 한 번 보면 전후 길흉(吉凶)을 알아맞힌답니다. 그 사람을 불러다 소원을 자세히 말하고, 공께 소개하여 그녀로 하여금 전후사를 자신이 본 듯이 이야기하도록 하면, 공이 속아 넘어가 길동을 없애고자 할 것이니 그때를 틈타 이리이리하면 어찌 좋은 계책이 아니겠는지요?"

초란이 이 말을 듣고 기뻐서 먼저 돈 오십 냥을 주고 관상녀를 불러오도록 하니 무녀가 그러겠노라 대답하고 갔다.

이튿날 공이 안방에 들어와 부인과 더불어 길동이 비범함을 두고 이야기하면서 다만 신분이 천함을 안타까워하고 있었다. 그때 한 여자가 들어와 마루 아래서 인사를 하기에 공이 이상하게 여겨 물었다.

"너는 어떠한 여자이며 무슨 일로 왔느냐?"

"소인은 관상 보는 사람이온데 우연히 상공 댁에 이르렀습니다."

공이 이 말을 듣고 길동의 장래를 알고자 하여 즉시 길동을 불러다 보이니 관상녀가 한참을 보다가 놀라 말하기를,

"이 공자의 상을 보니 천고영웅이요, 일대호걸이오나 지체가 부족한 것 말고 다른 염려는 없을 듯합니다."

하면서 말을 할 듯 말 듯 주저하기에 공과 부인이 크게 의심을 내어 묻기를,

"무슨 말인지 바른 대로 이르라."

하니 관상녀가 마지못한 체하며 주위 사람들을 내보내게 하고 나서 말했다.

"공자의 관상을 보니 가슴속에 조화가 무궁하고 미간(眉間)에 산천 정기가 영롱하오니 진실로 왕이 될 기상입니다. 장성하면 장차 온 집안이 멸망하는 화를 당할 걱정이 있으니 상공께서는 유념하시옵소서."

공이 듣고 나서 놀란 나머지 한참 동안이나 묵묵히 있다가 마음을 진정하고,

"사람의 팔자는 피하기 어려운 것이니 너는 이런 말을 누설하지 말라."

하며 단단히 당부하고는 약간의 돈을 주어 보냈다.

그 후로는 공이 길동을 뒷산 정자에 머물게 하고 행동 하나 하나를 엄격하게 감시했다. 길동은 이런 일을 당하자 설움이 더욱 북받쳤지만 어쩔 수가 없어 육도삼략(六韜三略)[3]이란 병법(兵法)과 천문지리를 공부하고 있었다. 공이 이 사실을 알고는 크게 근심하여 말했다.

"이놈이 본래 재주가 있으니 만일 주제넘은 마음을 품게 되면 관상녀의 말과 같이 될 터인데 이를 장차 어찌하랴?"

이때 초란이 무녀 및 관상녀와 내통하여 공을 놀라게 하고는 길동을 없애고자 거금을 들여 자객을 구했는데 그 이름은 특재였다. 초란은 특재에게 전후 내막을 자세히 일러주고는 공에게 가서 아뢰었다.

"며칠 전 관상녀가 아는 일이 귀신 같으니 길동의 앞일을 어떻게 처리하려 하시는지요? 저도 놀랍고 두려우니 일찍 길동을 없애 버리는 것이 나을 듯하옵니다."

공은 이 말을 듣고 눈썹을 찡그리면서,

"이 일은 내가 알아서 할 일이니 너는 번거롭게 굴지 말라."

하고 물리치기는 했으나 자연 마음이 산란하여 밤이면 잠을 이루지 못해 병이 나고 말았다. 부인과 좌랑(佐郎)[4] 인형이 크게 근심되어 어쩔 줄을 모르고 있는데 초란이 곁에 있다가 아뢰었다.

---

3) 중국 전래의 병법을 전하는 책. 태공망(太公望)의 『육도(六韜)』와 황석공(黃石公)의 『삼략(三略)』을 아울러 이르는 말이다.

4) 조선 시대 육조의 정육품 벼슬을 가리키는 말이다.

"상공의 병환이 위중하심은 길동으로 인한 것입니다. 저의 좁은 소견으로는 길동을 죽여 없애면 상공의 병환도 완쾌되실 뿐 아니라 가문도 보존할 것이온데, 어찌 이런 점을 생각하지 않으시는지요?"

부인이 이르기를,

"아무리 그렇다 한들 천륜이 지중한데 어찌 차마 그런 짓을 하겠나."

하니 초란이 말했다.

"듣자오니 특재라는 자객이 있는데, 사람 죽이기를 주머니 속의 물건 꺼내듯 한답니다. 그에게 거금을 주고 밤에 들어가 해치게 하면 상공이 아셔도 어쩔 수 없을 것이오니 부인은 깊이 생각해 보십시오."

부인과 좌랑이 눈물을 흘리면서 말했다.

"이는 차마 못 할 일이지만 첫째는 나라를 위함이요, 둘째는 상공을 위함이며, 셋째는 홍씨 가문을 보존하기 위함이니 너의 생각대로 하여라."

초란이 크게 기뻐하면서 다시 특재를 불러 사정을 자세히 알려 주고 오늘 밤에 급히 행하라 하니, 특재가 그러겠노라 하고 밤들기를 기다렸다.

한편 길동은 그 원통한 일을 생각하면 잠시를 머물지 못할 테지만, 상공의 엄명이 지중하므로 어쩔 수가 없어 밤마다 잠을 이루지 못하고 있었다. 그날 밤, 촛불을 밝혀 놓고 『주역(周易)』을 골똘히 읽고 있는데 까마귀가 세 번 울고 갔다. 길동은 이상한 예감이 들어 혼잣말로,

"저 짐승은 본래 밤을 꺼리는데 이제 울고 가니 심히 불길하구나."
하면서 잠시 『주역』의 팔괘(八卦)로 점을 쳐보고는, 크게 놀라 책상을 밀치고 둔갑법으로 몸을 숨긴 채 동정을 살피고 있었다. 밤중이 지나자 한 사람이 비수를 들고 천천히 방문으로 들어오기에 길동이 급히 몸을 감추고 주문을 외니, 문득 한 줄기 음산한 바람이 일어나면서 집은 간데없고 첩첩산중에 풍경이 굉장했다. 특재는 크게 놀라 길동의 무궁한 조화인 줄 알고 비수를 감추고 피하고자 했으나 갑자기 길이 끊어지면서 층암절벽이 가로막아 오도가도 못 하는 처지가 되었다. 사방으로 방황하다가 피리 소리를 듣고서야 정신을 차리고 살펴보니 어떤 소년이 나귀를 타고 오며 피리 불기를 그치고 꾸짖었다.

"너는 무엇 때문에 나를 죽이려 하느냐? 무죄한 사람을 해치면 어찌 천벌이 없겠느냐?"

그러고는 주문을 외니 문득 검은 구름이 일어나며 큰 비가 퍼붓듯이 쏟아지고 모래와 자갈이 날리었다. 특재가 정신을 가다듬고 살펴보니 길동이었다. 재주가 대단하다고는 여기면서도 '저까짓 게 어찌 나를 대적하겠는가.' 하고 달려들면서,

"너는 죽어도 나를 원망하지 마라. 초란이 무녀와 관상녀를 시켜 상공에게 알리고 너를 죽이려 한 것이니 어찌 나를 원망하겠느냐?"
소리치며 칼을 들고 달려드니 길동이 분함을 참지 못해 요술로 특재의 칼을 빼앗아 들고 꾸짖기를,

"네가 재물을 탐내어 사람 죽이기를 좋아하니 너같이 무도

(無道)한 놈은 죽여서 후환을 없애겠다."
하고 칼을 들어 내리치니 특재의 머리가 방 가운데 떨어졌다. 길동은 분노를 이기지 못해 그날 밤에 바로 관상녀를 잡아 와 특재가 죽어 있는 방에 들이쳐 박고 꾸짖기를,

"네가 나와 무슨 원수가 졌다고 초란과 짜고 나를 죽이려 했느냐?"
하고 칼로 치니 처참하기 그지없었다.

이때 길동이 두 사람을 죽이고 하늘을 살펴보니, 은하수는 서쪽으로 기울어지고 달빛은 희미하여 마음을 더욱 울적하게 하였다. 분한 마음을 이기지 못하여 초란마저 죽이고자 하다가 상공이 사랑하시는 줄 알고는 칼을 던져버렸다. 차라리 도망하여 목숨이나 건지기로 마음먹고 곧바로 상공 침소로 가 하직 인사를 올리고자 하니, 그때 공이 창밖의 인기척을 듣고서 창문을 열어 길동임을 알고 불러 말했다.

"밤이 깊었는데 네 어찌 자지 않고 이렇게 방황하느냐?"

길동이 땅에 엎드려 아뢰기를,

"소인이 일찍 부모님께서 낳아 길러주신 은혜를 만분지일이나마 갚을까 하였더니 집안에 좋지 못한 사람이 있어 상공께 모함하고 소인을 죽이고자 하기에 겨우 목숨은 건졌으나 상공을 모실 길이 없기로 오늘 상공께 하직을 고하옵니다."
하니 공이 크게 놀라 물었다.

"도대체 무슨 일이 있기에 어린아이가 집을 버리고 어디로 가겠다는 것이냐?"

"날이 밝으면 자연 아시게 되려니와 소인의 신세는 뜬구름과

같사옵니다. 상공의 버린 자식이 어찌 갈 곳이 있겠습니까?"

길동이 두 줄기 눈물을 감당하지 못해 말을 이루지 못하자 공은 그 모습을 보고 불쌍한 마음이 들어 타일렀다.

"내가 너의 품은 한을 짐작하여 오늘부터는 아비를 아비라 부르고 형을 형이라 부르기를 허락하노라."

길동이 절하고 아뢰기를,

"소자의 지극한 한을 아버님께서 풀어주시니 죽어도 한이 없습니다. 엎드려 바라옵건대 아버님께서는 만수무강하십시오."
하고 하직하니 공이 붙잡지 못하고 다만 무사하기만을 당부했다. 길동이 또 어머니 침소에 가서,

"소자가 지금 슬하를 떠나려 하오나 다시 모실 날이 있을 것이니, 어머니는 그사이 귀체를 아끼십시오."
하고 작별 인사를 하니 춘섬이 이 말을 듣고 무슨 까닭이 있음을 짐작하나 굳이 묻지는 않고, 하직하는 아들의 손을 잡고 통곡하면서 말했다.

"네가 어디로 가려 하느냐? 한집에 있어도 멀리 떨어져 있어 늘 보고 싶었는데, 이제 너를 정처 없이 보내고 어찌 잊겠느냐? 부디 속히 돌아와 만나기를 바란다."

길동이 절하고 문을 나와 바라보니 첩첩산중에 구름만 자욱한데 정처 없이 길을 가니 어찌 가련치 않으랴.

이때 초란은 특재의 소식이 없자 이상하다 싶어 사정을 알아보라 했더니, 길동은 간데없고 특재와 관상녀의 시체만 방 안에 있더라고 했다. 초란이 혼비백산하여 급히 부인에게 알리니 부인이 크게 놀라 좌랑을 불러 이 일을 이야기하고 상공에게도

알렸다. 상공이 크게 놀라,

"길동이 밤에 와 슬피 울며 하직하기에 이상하다 여겼더니, 결국 이런 일이 있었구나."

하니 좌랑이 감히 숨기지 못하여 초란이 그동안 한 일을 아뢰었다. 공이 더욱 노하여 초란을 내쫓고 그들의 시체를 몰래 치운 뒤에 종들을 불러 이런 말을 내지 말라고 당부했다.

길동은 부모와 이별하고 정처 없이 떠돌다가 어떤 경치 좋은 곳에 이르렀다. 인가(人家)를 찾아 점점 들어가니 큰 바위 밑에 돌문이 닫혀 있었다. 가만히 그 문을 열고 들어가니 너른 들판이 나타났다. 거기에는 수백 호의 인가가 즐비하고 여러 사람이 모여 잔치를 벌이고 있었는데 알고 보니 그곳은 도적의 소굴이었다. 한 사람이 길동의 예사롭지 않은 모습을 보고,

"그대는 어떤 사람이기에 이곳을 찾아왔는가? 이곳에는 영웅이 모여 있으나 아직 우두머리를 정하지 못하고 있으니, 그대가 만일 용력(勇力)이 있거든 저 돌을 들어보라."

하니 길동이 이 말을 듣고 다행히 여겨 인사하고,

"나는 서울 홍 판서의 서자(庶子) 길동인데 집에서 천대받기가 싫어서 아무 데나 정처 없이 다니다가 우연히 이곳에 들어왔소. 마침 모든 호걸들이 동료 되기를 허락하니 감사하거니와 대장부가 어찌 저만한 돌 들기를 근심하리요."

하고 그 돌을 들어 수십 보를 걷다가 던졌는데, 그 돌 무게는 천 근이었다. 여러 도적들이 일시에 감탄하기를,

"과연 장사로다. 우리 수천 명 중에 이 돌 드는 자가 없더니 오늘 하늘이 도와 장군을 내려주셨도다."

하고 길동을 윗자리에 앉히고는 차례로 술을 권하며 백마(白馬)를 잡아 맹세하니 모든 사람들이 동시에 약속을 맺고 온종일 즐기며 놀았다. 그 후 길동은 여러 사람과 더불어 무예를 연습해 몇 달 안에 군법을 엄히 세웠다. 하루는 여러 사람들이 말하였다.

"우리가 벌써부터 합천 해인사를 쳐 그 재물을 빼앗고자 했으나 지략이 부족하여 실행에 옮기지 못했는데, 이제 장군의 의견은 어떠하신지요?"

길동은 웃으며,

"내가 장차 출동할 터이니 그대들은 내 지휘대로만 하라."
하고는 푸른 도포에 검은 띠를 띠고 나귀 등에 올라 부하 몇 사람을 데리고 떠나면서,

"내가 그 절에 가서 동정을 살펴보고 오겠다."
하고 가니 그 모습이 영락없는 재상가 자제였다.

그 절에 들어가 주지에게 먼저 말하기를,

"나는 서울 홍 판서 댁 아들인데 이 절에서 공부를 하려고 왔다. 내일 백미 이십 석을 보낼 것이니 음식을 깨끗이 장만해 놓으면 그대들과 함께 먹겠다."
하고는 절 안을 두루 살펴본 뒤 뒷날을 기약하고 동구를 나오니 모든 중들이 기뻐했다. 길동이 돌아와 백미 수십 석을 보낸 후 부하들을 불러놓고 말했다.

"내가 아무 날 그 절에 가 이리이리할 것이니, 그대들은 뒤를 따라와 이리이리하라."

그날이 다가와 부하 수십 명을 데리고 해인사에 이르렀더니

중들이 맞이해 들어갔다. 길동이 노승을 불러,

"내가 보낸 쌀로 음식이 부족하지 않던가?"

하니 노승이 대답하기를,

"어찌 부족하겠습니까. 너무 황공 감사합니다."

하였다. 길동이 맨 윗자리에 앉아 모든 중을 일제히 청해 각기 상을 받게 하고는 먼저 술을 마시며 차례로 권하니 모든 중들이 황공해하였다. 길동이 상을 받고 먹다가 모래를 슬그머니 입에 넣고 깨무니 소리가 제법 컸다. 중들이 듣고 놀라 사죄했지만 길동은 일부러 화를 내어 꾸짖기를,

"너희들이 음식을 어찌 이렇게 더럽게 만들었느냐? 이는 필시 나를 깔보고 업신여긴 탓이다."

하고 부하들을 시켜 모든 중들을 한 줄에 결박하여 앉히니 모두 겁이 나서 어쩔 줄 몰랐다. 이윽고 도적의 무리 수백 명이 한꺼번에 달려들어 모든 재물을 제것 가져가듯 하니 중들이 보고 입으로 소리만 지를 따름이었다. 이때 마침, 밖에 나갔던 불목하니[5]가 돌아오는 길에 이 광경을 보고 관가에 알렸다. 합천 원이 관군을 뽑아 그 도적을 잡으라 하니 장교 수백 명이 도적을 쫓았는데, 도중에 송낙을 쓰고 장삼을 입은 중이 산에 올라가 외쳤다.

"도적이 저 북쪽 작은 길로 가니 빨리 가 잡으시오!"

관군들은 그 절 중이 알려 주는 줄 알고 풍우같이 북쪽 작은 길로 찾아가다가 잡지도 못하고 날이 저문 후에 돌아갔다. 길

5) 절에서 불 때고 물 긷고 밥 짓는 일을 하는 사람을 부르는 말이다.

동이 부하들을 남쪽 큰길로 보내고 홀로 중의 차림으로 관군을 속여 무사히 소굴로 돌아오니, 모든 부하들이 이미 재물을 가져다 놓고 기다리고 있었다. 그들이 모여 사례하기에 길동은 웃으며 말하였다.

"대장부가 이만한 재주 없어서야 어찌 여러 사람의 우두머리가 되리오."

그 후 길동은 스스로 '활빈당(活貧黨)[6]'이라 이름하고 조선 팔도로 다니며 각 읍 수령이 불의로 모은 재물이 있으면 탈취하고, 가난하고 의지할 데 없는 사람이 있으면 구제하면서 백성은 침범하지 않고 나라의 재산에는 추호도 손을 대지 않으니 부하들은 그 뜻에 감복하였다.

"이제 함경감사가 탐관오리로 백성을 착취해 견딜 수 없게 되었다. 우리가 이를 그대로 둘 수 없으니 그대들은 나의 지휘대로 하라."

이렇게 말하고는 아무 날 밤으로 약속을 정하고 하나씩 흘러들어가 함흥 남문 밖에 불을 질렀다. 감사가 크게 놀라 불을 끄라 하니 관리며 백성 들이 한꺼번에 달려 나와 불을 끄느라 정신이 없는데, 길동의 부대 수백 명이 성안으로 몰려가 창고를 열고 곡식과 무기를 찾아내어 북문으로 달아나니, 성중이 물 끓듯 소란하였다. 감사가 뜻밖의 변을 당하여 어쩔 줄을 모르다가 날이 밝은 후 살펴보고서야 창고의 무기와 곡식이 없어졌음을 알고 크게 놀라 도적 잡기에 힘을 기울였다. 그런데 북문

6) 부자의 재물을 빼앗아 가난한 사람을 구제하는 것을 목적으로 하는 도둑의 무리를 이르는 말이다.

에 방이 붙기를,

아무 날 돈과 곡식을 도적한 자는 활빈당 당수 홍길동이다.

하였기에 감사가 군사를 뽑아 보내어 도적을 잡으려 하였다. 길동은 여러 부하와 함께 곡식을 많이 탈취했으나 행여 길에서 잡힐까 염려하여 둔갑법과 축지법(縮地法)[7]을 써서 처소로 돌아왔더니 날이 새려 하였다.

하루는 길동이 여러 부하를 모으고,

"이제 우리가 합천 해인사에 가 재물을 탈취하고 함경감영에 가 돈과 곡식을 훔친 까닭에 소문이 파다하고, 또 나의 이름을 써서 감영에 붙였으니, 오래지 않아 잡히게 될 테지만 그대들은 나의 재주를 보라."

하고 즉시 초인(草人)[8] 일곱을 만들어 주문을 외며 혼백을 붙였다. 일곱 길동이 한꺼번에 팔을 뽐내며 크게 소리치고 한곳에 모여 야단스럽게 지껄이니 어느 것이 참 길동인지 알 수가 없었다. 팔도에 하나씩 흩어져 각각 부하 수백 명씩을 거느리고 다니니 그중에서도 어느 것이 진짜인지 알 수가 없었다. 여덟 길동이 팔도에 다니며 바람과 비를 부르는 술법을 부려 각 읍 창고에 있던 곡식을 하룻밤 사이에 종적 없이 가져가고 지방에서 서울로 올려 보내는 뇌물 꾸러미를 모조리 탈취해 갔다. 팔도 각 고을이 어지러워 밤에는 잠을 자지 못하고 낮에는 길을

---

7) 땅을 주름잡아 먼 길을 짧은 시간 안에 간다고 하는 술법이다.
8) 지푸라기로 만든 허수아비이다.

나다니지 못하니 감사가 공문을 올렸는데, 그 내용은 대략 이러하였다.

난데없는 홍길동이라는 대적(大賊)이 신통한 술법을 부려 각 고을 재물을 탈취하고 서울로 보내는 물품을 가로채어 폐단이 자심하니 그 도적을 잡지 않으면 장차 어느 지경에 이를지 알지 못할 정도이옵니다. 엎드려 바라건대 성상께서는 좌우 두 포도청에 명하여 잡게 하옵소서.

임금이 보고 크게 놀라 포도대장을 찾고 있는데 팔도에서 연달아 공문이 올라왔다. 오는 대로 떼어보니 도적의 이름을 다 홍길동이라 하였고, 돈과 곡식 잃은 날짜를 보니 한날한시였다. 임금이 크게 놀라,

"이 도적의 용맹과 술법은 옛날 중국 도적 치우[9]라도 당하지 못하겠도다. 아무리 신기한 놈인들 어찌 한 몸이 팔도에서 한날한시에 도적질을 하리요? 이는 보통 도적이 아니라 잡기 어려우니 좌포장과 우포장이 함께 군사를 내어서 잡으라."

하니 우포장 이흡이 아뢰었다.

"신이 비록 재주는 없으나 그 도적을 잡겠사오니 전하께서는 근심하지 마시옵소서. 좌우 포장이 한꺼번에 나갈 필요가 어디 있겠나이까?"

임금이 옳게 여겨 급히 떠나기를 재촉하니 이흡이 하직한 후

9) 중국 고대에 하북성 일대를 다스렸다는 전설상의 인물로 황제(黃帝)와 싸우면서 당시 사람들을 공포에 떨게 한 악인으로 알려져 있다.

수많은 포졸을 거느리고 출발하였다. 각각 흩어져 문경에 모이기로 약속하고 이흡 자신도 약간의 포졸을 데리고 변복한 채 다녔다. 하루는 날이 저물어 주막을 찾아 쉬고 있는데 갑자기 어떤 소년이 나귀를 타고 들어와 인사를 했다. 포장이 답례를 하니 그 소년은 갑자기 한숨을 지으며 말했다.

"온 천하가 다 임금의 땅이요, 온 땅의 백성이 모두 임금의 신하인데 내가 비록 시골에 살고 있으나 나라의 일이 걱정입니다."

포장이 짐짓 놀라는 체하며 물었다.

"그게 무슨 말이오?"

"이제 홍길동이라는 도적이 팔도로 다니며 소란을 피워 인심이 동요하고 있는데 그놈을 잡아 없애지 못하니 어찌 분하지 않겠습니까?"

"그대 기골이 장대하고 말씀이 충직하니 나와 함께 그 도적을 잡는 것이 어떻겠소?"

"내가 벌써 잡고자 하면서도 용력 있는 사람을 만나지 못하여 그냥 있었는데, 이제 그대를 만났으니 어찌 다행이 아니겠소? 그러나 그대의 재주를 알 수 없으니 한갓진 곳에 가서 시험해 봅시다."

가다가 한 곳에 이르자 그 소년이 높은 바위 위에 올라앉으면서,

"그대는 힘을 다하여 두 발로 나를 차 떨어뜨려 보시오."
하고 벼랑 끝에 나가 앉았다. 포장이 생각하기를,

'제아무리 용력이 있다 하나 한 번 차면 어찌 떨어지지 않으

리오.'

하고 평생 힘을 다하여 두 발로 힘껏 차니 그 소년이 갑자기 돌아앉으며,

"그대는 정말 장사시오. 내가 여러 사람을 시험해 보았지만 나를 움직이게 한 자가 없었는데 그대에게 차이니 오장이 울린 듯합니다. 그대가 나를 따라오면 길동을 잡을 것이오."

하고 첩첩산중으로 들어가기에 포장이 생각하기를,

'나도 힘을 자랑할 만하더니 오늘 저 소년의 힘을 보니 어찌 놀랍지 않은가! 이곳까지 왔으니 저 소년 혼자인들 길동 잡기를 근심하리오.'

하고 따라갔다. 그 소년이 갑자기 돌아서면서,

"이곳이 길동의 소굴인데 내가 먼저 들어가 탐지할 것이니 그대는 여기서 기다리시오."

하기에 포장은 속으로 의심은 되었으나 빨리 잡아 오라고 당부하고는 앉아서 기다렸다. 한참 뒤에 갑자기 계곡으로부터 수십 명 군졸들이 요란하게 소리를 지르며 내려오고 있었다. 포장이 크게 놀라 피하려고 하는데 점점 가까이 와 포장을 묶으면서 꾸짖기를,

"포도대장 이흡이냐? 우리가 염라대왕의 명을 받아 너를 잡으러 왔다."

하고 쇠사슬로 목을 옭아 풍우같이 몰아가니 포장이 혼이 빠져 어쩔 줄을 몰랐다. 한 곳에 이르러 소리를 지르며 꿇어앉히기에 포장이 정신을 가다듬어 쳐다보니 궁궐이 광대한데 누런 두건을 쓴 군사들이 무수히 늘어서 있었다. 전상(殿上)[10]에 한 임

금이 앉아 큰 소리로 꾸짖었다.

"너처럼 하찮은 놈이 어찌 홍 장군을 잡으려 하는가? 너를 잡아 지옥에 가두어야겠다!"

포장이 겨우 정신을 차려,

"소인은 인간 세상의 보잘것없는 사람으로 죄도 없이 잡혀 왔으니 살려 보내주시기 바랍니다."

하고 애걸하니 전상에서 웃으며 말했다.

"이 사람아, 나를 자세히 보라. 내가 바로 활빈당 당수 홍길동이라네. 그대가 나를 잡으려 하기에 그 용력과 뜻을 알고자 어제 푸른 도포 입은 소년으로 꾸며 그대를 인도해 이곳에 와서 나의 위엄을 보여 주는 것일세."

말이 끝나자 부하들을 시켜 묶은 것을 끌러 마루에 앉히고 술을 내어 와 권하면서,

"그대는 부질없이 다니지 말고 빨리 돌아가게나. 나를 보았다 하면 죄를 면치 못할 것이니 그런 말은 아예 하지를 말게."

하고는 다시 술을 부어 권하면서 부하들을 시켜 내보내라 하였다. 포장이 생각하기를,

'이것이 꿈인가 생시인가? 어쩌다가 여기를 들어왔단 말인가?'

하며 길동의 신기한 조화에 놀라며 일어나 가려고 했으나 팔다리를 움직일 수 없었다. 이상한 생각이 들어 정신을 차리고 살펴보니 제 몸이 가죽 부대 속에 들어 있었다. 간신히 빠져나와

---

10) 궁궐의 마루 위를 말한다.

보니 부대 셋이 나무에 걸려 있었는데 차례로 끌러보니 처음 떠날 때 데리고 왔던 부하들이었다. 서로 돌아보면서,

"이게 어찌된 일인가? 우리가 떠날 때는 문경으로 모이자 하였는데 어찌 이곳에 왔을까?"

하고 두루 살펴보니 다른 곳이 아니고 서울 북악산이었다. 포장이 어이없어 성안을 굽어보며 부하들에게 묻기를,

"너희는 어째서 여기로 왔느냐?"

하니 세 사람이 아뢰었다.

"소인들은 주점에서 자고 있다가 갑자기 바람과 구름에 싸여 이리 왔사오나, 어찌 된 까닭인지 알지를 못하겠습니다."

포장이 당부하기를,

"이 일이 너무나 허무맹랑하니 남에게 말하지 말라. 길동의 재주는 헤아릴 수 없으니 사람의 힘으로야 어찌 잡겠는가? 우리가 이제 그냥 들어가면 반드시 죄를 면치 못할 것이니 몇 달을 기다리다가 들어가자."

하고 내려왔다.

이때 임금이 팔도에 공문을 내려 길동을 잡으라 명했다. 그러나 길동의 조화가 무궁하여 서울 큰길에서 수레를 타고 왕래하기도 하고, 각 고을에 미리 알리고 가마를 타고 다니기도 하였으며, 어떤 때는 암행어사의 모습으로 나타나 탐관오리의 목을 벤 다음 임금에게 보고하기를 '가어사(假御使)[11] 홍길동이 올리는 보고서'라 하였다. 임금은 더욱 진노하여,

11) 나라의 명을 받지 않고 가짜로 어사 행세를 하는 사람을 말한다.

"이놈이 각 도에 다니며 이런 난리를 치는데도 아무도 잡지 못하니 이를 장차 어찌하리오?"
하면서 삼정승과 육판서를 모아놓고 의논을 하는데, 연달아 보고서가 올라왔다. 차례대로 열어보니 팔도에서 홍길동이 작란한다는 내용이어서 임금이 크게 근심하여 주위를 돌아보고 묻기를,

"이놈이 사람은 아니고 아마 귀신인 것 같소. 신하 중에서 누가 그 근본을 아는 사람이 없겠소?"
하니 한 사람이 나와서 아뢰었다.

"홍길동은 전 이조판서 홍 아무개의 서자요, 병조좌랑 홍인형의 서제(庶弟)이오니, 이제 그 부자를 잡아다 친히 문초하시면 아실까 하옵니다."

임금이 더욱 화를 내며,

"그런 말을 어찌 이제야 하는가?"
하고는 즉시 홍 아무개는 의금부(義禁府)[12]에 가두고 인형을 잡아들여 임금이 몸소 문초를 하였다. 임금이 진노하여 책상을 치며 꾸짖었다.

"길동이라는 도적이 너의 서제라는데 어째서 막지 않고 그냥 두어 국가에 큰 재앙이 되게 한단 말이냐? 네가 만일 잡아들이지 않으면 네 부자의 충효도 돌아보지 않을 것이니 빨리 잡아들여 나라에 변고가 없게 하라."

인형이 황공하여 관(冠)을 벗고 머리를 조아리며 아뢰었다.

---

12) 조선 시대의 사법(司法)기관으로 왕명을 받아 죄인을 심문하는 일을 맡았다.

"저의 천한 아우가 있어 일찍 사람을 죽이고 도망간 지 몇 년이나 지났으나 그 생사를 알지 못하였사옵니다. 저의 늙은 아비는 그 때문에 병이 들어 목숨이 위태로운 지경에 이르렀습니다. 길동이 무도한 짓을 저질러 성상께 근심을 끼쳤으니 저의 죄는 만 번 죽어도 아깝지 않사옵니다. 엎드려 바라옵건대 전하께서는 자비로운 은택을 내려 제 아비의 죄를 용서하시와 집에 돌아가 조리하게 하시면, 제가 죽음을 맹서하고 길동을 잡아 저희 부자의 죄를 면하올까 하옵니다."

임금이 듣고 나서 감동하여 즉시 홍 아무개를 풀어주고 인형을 경상감사로 임명하며 말했다.

"그대가 만일 감사의 지위를 가지지 않으면 길동을 잡지 못할 것이다. 일 년 기한을 줄 테니 속히 잡아들이라."

인형이 백배사례하여 임금을 하직하고 바로 그날 감영으로 내려가서 각 고을에 공문을 보냈는데 그 내용은 길동을 달래는 것이었다.

사람이 세상에 나면 오륜(五倫)[13]이 으뜸이요, 오륜이 있어 인의예지가 분명하게 된다. 이를 알지 못하고 임금과 부모의 명을 거역해서 불충불효(不忠不孝)가 되면 어찌 세상에서 용납하겠느냐? 우리 아우 길동은 이런 일을 알 테니 스스로 형을 찾아와 자수하라. 아버님께서 너로 말미암아 깊은 병환을 얻고 임금

---

13) 유교에서 이르는 다섯 가지의 인륜(人倫)을 말하는 것으로 부자(父子) 사이의 친애(親愛), 군신(君臣) 사이의 의, 부부(夫婦) 사이의 분별(分別) · 장유(長幼) 사이의 차서(次序), 붕우(朋友) 사이의 신의(信義)를 뜻한다.

께서 크게 근심하시니 너의 죄악은 너무나 크도다. 이 때문에 임금께서 나를 특별히 감사로 임명하여 너를 잡아들이라 하셨다. 만일 잡지 못하면 우리 홍씨 집안의 여러 대에 걸친 공덕이 하루아침에 무너질 것이니 어찌 슬프지 않으랴. 바라나니 아우 길동이 이를 생각하여 일찍 자수하면 너의 죄도 줄어들 것이요, 우리 가문도 보존할 것이니 너는 만 번 생각하여 자수하라.

감사가 이 공문을 각 읍에 붙인 뒤 공무를 전폐한 채 길동이 자수하기만 기다리고 있었다. 하루는 나귀를 탄 소년이 하인 수십 명을 거느리고 감영 문밖에 와 뵙기를 청한다 하였다. 감사가 들어오라 하니 그 소년이 마루 위에 올라와 인사를 하는데 감사가 눈을 들어 자세히 보니 그토록 기다리던 길동인지라. 기쁘고도 놀라서 주위 사람들을 내보내고 손을 잡고 흐느껴 울면서 말하였다.

"길동아, 네가 한번 집을 떠난 뒤 생사를 알지 못하여 아버지께서는 깊은 병을 얻으셨다. 너는 갈수록 불효를 끼칠 뿐 아니라 나라에 큰 근심이 되니, 무슨 마음으로 불충불효를 하고 도적이 되어 세상에 비할 데 없는 죄를 짓느냐? 이 때문에 임금께서 진노하시어 나를 시켜 너를 잡아들이라 하셨다. 이는 피치 못할 일이니 너는 일찍 서울로 올라가 왕명을 따르도록 하라."

말을 마치니 눈물이 비 오듯 흘렀다. 길동은 머리를 숙이고 말하기를,

"제가 여기에 온 것은 부형을 위태로움으로부터 구하기 위한 것이니 어찌 다른 말이 있겠습니까? 대감께서 당초에 천한

길동에게 아버지를 아버지라 부르게 하고 형을 형이라 부르게 하셨던들 어찌 이런 지경에까지 이르렀겠습니까? 지나간 일은 말해 봐야 쓸데없사오니 이제 저를 묶어 서울로 올려 보내십시오."

하고는 다시 말이 없었다. 감사는 이 말을 듣고 슬퍼하면서 보고서를 쓰고는 길동의 목에 칼을 채우고 발에 차꼬[14]를 채워 수레에 태웠다. 건장한 장교 십여 명을 뽑아 호송하게 하고 밤낮으로 길을 달려 서울로 가게 하였다. 각 읍 백성들은 길동의 재주를 들었는지라 그가 잡혀 온다는 소문을 듣고 길에 모여 구경을 하였다.

이때 팔도에서 다 길동을 잡아 올리니 조정과 서울 사람들이 어찌 된 영문인지를 몰랐다. 임금이 놀라서 온 조정 신하들을 모으고 몸소 죄인을 다스리는데, 여덟 길동을 잡아 올리니 그들이 서로

"네가 진짜 길동이지, 나는 아니다."

하며 싸우니 어느 것이 진짜 길동인지 분간할 수가 없었다. 임금이 이상하게 여겨 즉시 홍 아무개를 불러 말하기를,

"자식을 알아보는 데는 아비만 한 이가 없다 하니 저 여덟 중에서 그대의 아들을 골라내라."

하니 홍공이 황공하여 머리를 조아리면서 아뢰기를,

"저의 천한 자식 길동은 왼편 다리에 붉은 사마귀가 있사오니, 그것을 보면 알 수 있을 것입니다."

14) 옛 형구(刑具)의 한 가지로서, 기다란 두 개의 토막나무 틈에 가로 구멍을 파서 죄인의 두 발목을 그 구멍에 넣고 자물쇠로 채우게 되어 있었다.

하고 여덟 길동을 꾸짖기를,

"지척에 임금님이 계시고 아래로 아비가 있는데 네가 이렇듯 천고에 없는 죄를 지으니 죽기를 아까워 말라."

하고 피를 토하면서 엎어져 기절하였다. 임금이 크게 놀라 의원에게 지시해 치료하게 하였으나 효험이 없었다. 여덟 길동이 이를 보고 일시에 눈물을 흘리면서 주머니에서 환약 한 개씩을 내어 입에 넣으니 홍공이 잠시 후 정신을 차렸다. 여덟 길동이 임금께 아뢰었다.

"저의 아비가 나라의 은혜를 많이 입었사온데 제가 어찌 감히 나쁜 짓을 하오리까마는, 저는 본래 천한 종의 몸에서 났기로 그 아비를 아비라 못 하옵고 그 형을 형이라 못 하와 평생 한이 맺혔기에 집을 버리고 도적의 무리에 참여하였사옵니다. 그러나 백성은 추호도 범하지 않고 각 읍 수령이 백성들에게서 착취한 재물만 빼앗았을 뿐입니다. 이제 십 년이 지나면 조선을 떠나 갈 곳이 있사오니 엎드려 빌건대 성상께서는 근심하지 마시고 저를 잡으라는 공문을 거두어주시옵소서."

하고 말을 마치자 여덟 명이 한꺼번에 넘어지기에 자세히 보니 다 초인이었다. 임금이 더욱 놀라며 진짜 길동을 잡으라는 공문을 다시 팔도에 내렸다.

길동이 초인을 없애고 두루 다니다가 사대문에 글을 써 붙이기를,

길동은 아무리 하여도 잡지 못할 것이오니 병조판서 벼슬을 내려주시면 잡히겠습니다.

하였다. 임금이 그 글을 보고 신하들을 모아 의논하니 여러 신하들이 아뢰기를,

"그 도적을 잡으려 하다가 잡지 못하고 도리어 병조판서를 제수하신다면 이웃 나라에서 알까 두렵습니다."

하니 임금이 옳게 여기고 경상감사에게 길동 잡기를 재촉하니 감사가 왕명을 받고는 황공하고 송구스러워 어쩔 줄을 몰랐다. 하루는 길동이 공중으로부터 내려와 절하고,

"제가 지금은 진짜 길동이오니 형님께서는 아무 염려 마시고 결박하여 서울로 보내십시오."

하니 감사가 이 말을 듣고는 손을 잡고 눈물을 흘리면서,

"이 철없는 아이야. 너도 나와 형제인데 부형의 가르침을 듣지 않고 온 나라를 떠들썩하게 하니 어찌 애달프지 않으랴. 네가 이제 진짜 몸이 와서 나를 보고 잡혀가기를 자원하니 도리어 기특한 아이로다."

하고 급히 길동의 왼쪽 다리를 보니 과연 사마귀가 있었다. 즉시 팔다리를 단단히 묶어 수레에 태운 뒤 건장한 장교 수십 명을 뽑아 철통같이 싸고 풍우같이 몰아가는데도 길동의 안색은 조금도 변치 않았다. 여러 날 만에 서울에 다다라서는 대궐 문에 이르러 길동이 한 번 몸을 솟구치니 쇠사슬이 끊어지고 수레가 깨어져, 마치 매미가 허물을 벗듯 공중으로 오르더니 나는 듯이 구름에 싸여 가버렸다. 장교와 모든 군사가 어이없어 공중만 바라보며 넋을 잃을 따름이었다. 어쩔 수 없이 이 사실을 보고하니 임금이 듣고,

"천고에 이런 일이 어디 있으랴?"

하며 크게 근심하였다. 이때 여러 신하 중 한 사람이 아뢰기를,

"길동의 소원이 병조판서를 한번 지내면 조선을 떠나겠다 하옵고, 한번 제 소원을 풀면 제 스스로 인사를 드리러 올 터이니 그때를 타 잡는 것이 좋을까 하옵니다."

하니 임금이 옳게 여겨 즉시 길동에게 병조판서를 제수하고 사대문에 글을 써 붙였다. 이때 길동이 이 말을 듣고 사모관대(紗帽冠帶)에 띠를 띠고 높은 수레에 의젓하게 높이 앉아 큰길로 버젓이 들어오면서,

"이제 홍 판서 사은(謝恩)[15]하러 온다."

하였다. 병조에서 하급 관리들을 시켜 궐내에 맞아들이게 하고 관원들이 서로 의논하기를,

"길동이 오늘 사은하고 나올 것이니 도끼 잘 쓰는 군사를 매복시켰다가 나오거든 단번에 쳐 죽이도록 하자."

하고 약속을 하였다. 길동이 궐내에 들어가 임금께 인사를 드리고 아뢰기를,

"저의 죄악이 지중하온데 도리어 은혜를 입사와 평생의 한을 풀고 돌아가옵니다. 이제 전하와 영원히 작별하오니 부디 만수무강하소서."

하고 말을 마치자 몸을 공중에 솟구쳐 구름에 싸여 가니 가는 곳을 알 수 없었다. 임금이 보고 도리어 감탄하기를,

"길동의 신기한 재주는 고금에 드문 일이로다. 제가 지금 조선을 떠나노라 하였으니 다시는 폐 끼칠 일이 없을 것이다. 비

---

15) 벼슬을 제수받은 신하가 임금께 인사를 드리는 것을 뜻한다.

록 미심쩍기는 하나 대장부다운 통쾌한 마음을 가졌으니 염려 없을 것이로다."

하고 팔도에 글을 내려 길동 잡는 일을 거두어들였다.

길동이 제 거처에 돌아와 부하들에게 명하기를,

"내가 다녀올 곳이 있으니 너희들은 아무 데도 출입하지 말고 내가 돌아오기를 기다리라."

하고 즉시 몸을 솟구쳐 남경으로 향하여 가다가 한 곳에 다다르니 그곳은 율도국이었다. 사방을 살펴보니 산천이 깨끗하고 인물이 번성하여 편안하게 살 만한 곳이었다.

남경을 찾아 구경한 뒤에 제도라 하는 섬에 들어가 두루 다니면서 산천도 구경하고 인심도 살피다가 오봉산에 이르니 강산의 경치가 빼어난 곳이었다. 둘레가 칠백 리요, 기름진 논이 가득하여 살기에 합당하였다. 마음속으로,

'내 이미 조선을 하직하였으니 이곳에 와 숨어 지내다가 큰일을 꾀하리라.'

하고 가벼운 걸음으로 제 거처로 돌아와 여러 부하에게 말했다.

"그대들은 아무 날 양천강 가에 가서 배를 많이 만들어 정해 주는 날에 서울 한강 가에서 기다리라. 내 임금께 청하여 쌀 일천 석을 구해 올 것이니 약속을 어기지 말라."

이때 길동의 아버지 홍공은 길동의 작란이 없어져 병이 나았고 임금도 근심 없이 지내게 되었다. 구월 보름께 임금이 달빛을 받으며 후원을 배회하고 있을 때 갑자기 한 줄기 맑은 바람이 일어나며 공중에서 피리 소리가 맑게 울려오는 가운데 어떤 소년이 내려와 임금 앞에 엎드려 절을 했다. 임금은 놀라서 물

었다.

"선동(仙童)이 어찌 인간 세상에 내려왔으며 무슨 할 말이 있는가?"

소년은 땅에 엎드려,

"저는 전임 병조판서 홍길동이옵니다."

하고 아뢰니 임금이 놀라 묻기를,

"네가 깊은 밤에 어찌 왔느냐?"

하니 길동이 대답하였다.

"제가 전하를 받들어 만세를 모실까 했으나 천한 종의 몸에서 태어났기 때문에 문(文)으로는 벼슬길이 막혀 있고 무(武)로는 추천받을 길이 막혀 있습니다. 제가 사방을 떠돌면서 관청에 폐를 끼치고 조정에 죄를 지은 것은 전하로 하여금 이를 아시게 하려는 것이었습니다. 엎드려 바라건대 전하께서는 만수무강하십시오."

말을 마치고 공중으로 올라가 나는 듯이 가니 임금이 그 재주를 못내 칭찬하였다. 그 후로는 길동의 폐단이 없으니 사방이 태평하였다.

길동이 조선을 하직하고 남경 땅 제도라는 섬으로 들어가 수천 호 집을 지은 뒤 농업에 힘쓰고 무기 창고를 지으며 군법을 연습하니 군대는 잘 훈련되고 양식은 풍족하게 되었다.

하루는 길동이 화살촉에 바를 약을 구하러 망당산으로 가다가 낙천 땅에 이르렀다. 그곳에는 백룡이라는 부자가 딸 하나를 두었는데 재질이 비상하여 애중하게 여겼으나 어느 날 회오리바람이 크게 일어나면서 그 딸이 없어져 버렸다. 백룡 부부

는 슬퍼하면서 많은 돈을 들여 사방으로 찾았으나 종적이 없었다. 부부는 슬퍼하며 사람들에게 알리기를,

"누구라도 내 딸을 찾아주면 재산의 반을 주고 사위를 삼으리라."

하였다. 길동은 이 말을 듣고 마음에 측은하였으나 어떻게 해볼 도리가 없었다. 망당산에 가서 약초를 캐며 들어가다가 날이 저물어 주저하고 있는데 갑자기 사람 소리가 나며 등불이 밝게 비쳤다. 그곳을 찾아가니 사람이 아닌 괴물이 둘러앉아 지껄이고 있었다. 원래 이 짐승은 울동이라는 것인데 여러 해를 묵어 변화가 무궁하였다. 길동이 몸을 감추고 활로 쏘아 그 가운데 우두머리를 맞추니 모두 소리를 지르며 달아났다. 길동은 나무에 의지하여 밤을 지내고 두루 돌아다니면서 약을 캐고 있는데 갑자기 괴물이 나타나 길동을 보고 물었다.

"그대는 무슨 일로 이 깊은 곳에 이르렀는가?"

"내가 의술을 조금 알아서 이 산에 들어와 약을 캐는 중인데 그대들을 만나니 다행이오."

"나는 이곳에 산 지 오래되었는데 우리 왕이 부인을 새로 정하고 어젯밤에 잔치를 하다가 하늘에서 내린 살을 맞아 위중하게 되었소. 그대가 명의라 하니 신통한 약으로 왕의 병을 고쳐주면 큰 상을 받으리라."

길동이 생각하기를 '이놈이 어젯밤에 상한 놈인가 보다.' 하고 허락하였다. 그것이 길동을 인도하여 문에 세우고 들어가더니 한참 만에 들어오라 하였다. 그것을 따라 들어가 보니 화려하게 장식한 집이 넓고도 아름다웠다. 그 가운데 흉악한 것이

누워 신음하다가 길동을 보자 몸을 일으키며 말하였다.

"내가 우연히 천살[16]을 맞아 위독했는데 아랫사람의 말을 듣고 그대를 청하였으니 이는 하늘이 나를 살린 것이라. 그대는 재주를 아끼지 말라."

길동이 감사하는 인사를 하고,

"먼저 내치(內治)할 약을 쓰고, 다음으로 외상(外傷)을 치료할 약을 쓰는 것이 좋을까 하오."

하니 그것이 그러라고 하였다. 길동이 약주머니에서 독약을 내어 급히 온수에 타서 먹이니 한참 만에 큰 소리를 지르고 죽었다. 모든 요괴가 일시에 달려들었으나 길동은 신통술을 부려 모든 요괴를 물리쳐 나가는데 문득 젊은 여자 둘이 애걸하였다.

"저희는 요괴가 아니라 세상 사람으로 잡혀 왔사오니 가여운 목숨을 구하여 세상으로 나가게 해주셔요."

길동은 백룡의 일을 생각하고 그들이 사는 곳을 물었더니 하나는 백룡의 딸이요, 또 하나는 조철의 딸이었다. 길동이 요괴를 깨끗이 없애 버리고 두 여자를 구출해 각각 제 부모에게 돌려주었다. 그 부모들이 기뻐하면서 그날로 홍생을 맞아 사위를 삼았는데 첫째 부인은 백 소저요, 둘째 부인은 조 소저였다. 길동이 하루아침에 두 아내를 얻어 두 집 가족을 거느리고 제도섬으로 가니 모든 사람이 반기며 치하하였다.

하루는 길동이 천문(天文)을 보다가 놀라 눈물을 흘리기에

---

16) 불길한 별의 이름으로 하늘에서 내리는 재앙을 가리킨다.

곁에 있던 사람이 무슨 까닭으로 슬퍼하느냐고 물었다. 길동이 탄식하면서,

"내가 하늘의 별을 보고 부모의 안부를 짐작해 왔는데, 지금 하늘을 보니 부친의 병세가 위중하게 되신 것 같다. 그런데도 내 몸이 먼 곳에 있어 가 뵙지를 못할 듯하구나."

하니 모든 사람들이 슬퍼하였다. 이튿날 길동은 월봉산에 들어가 좋은 묘터를 잡아 묘지를 다듬고 석물(石物)[17]을 왕릉과 같이 하였다. 그러고 나서 큰 배 한 척을 마련하여 부하들에게 조선국 서강(西江)[18] 가로 몰고 가서 기다리라 하고, 자신은 머리를 깎고 중의 모습을 한 채 작은 배 한 척을 타고 조선으로 향하였다.

이때 홍 판서가 문득 병을 얻어 위중하게 되자 부인과 인형을 불러 당부하기를,

"내가 죽어도 다른 한이 없으나 길동의 생사를 알지 못하는 것이 한스럽구나. 제가 살아 있으면 찾아올 것이니 적서(嫡庶)를 구분하지 말고 제 어미를 잘 대접해라."

하고 숨을 거두었다. 온 집안이 슬픔에 잠겨 장사를 치르고자 하나 묘터를 구하지 못해 난처하였다. 하루는 문지기가 알리기를,

"어떤 중이 와서 빈소에 조문하려 합니다."

하기에 이상하게 여겨 들어오라 하였다. 그 중이 들어와 목을 놓아 우니 모든 사람이 곡절을 몰라 서로 얼굴만 돌아보았다.

---

17) 무덤 앞에 세우는 것으로서 돌로 만들어놓은 여러 가지 물건을 말한다. 석인(石人), 석수(石獸), 석주, 석등, 상석 따위가 있다.

18) 마포 근처의 한강 나루가 있던 곳이다.

그 중이 상주(喪主)를 보고 한바탕 통곡을 하고 나서,

"형님께서 어찌 아우를 몰라보십니까?"

하기에 상주가 자세히 보니 바로 길동이었다. 붙잡고 통곡하며,

"아우야, 그사이 어디 갔더냐? 아버지께서 평소에 유언이 간절하셨는데 이제야 오니 어찌 자식의 도리이겠느냐?"

하며 손을 잡고 내당에 들어가 모부인(母夫人)을 뵈옵고, 또 춘섬을 만나게 하였다. 서로 붙들고 한바탕 통곡을 하고 나서 묻기를,

"네가 어찌 중이 되어 다니느냐?"

하니 길동이 대답하기를,

"소자(小子)가 조선을 떠나 머리를 깎고 중이 되어 지술(地術)[19]을 배워서 이제 부친을 위하여 좋은 묘터를 구했으니 모친은 염려 마십시오."

인형이 기뻐하면서 말했다.

"너의 재주 기이한지라, 좋은 터를 구했다니 무슨 염려가 있으랴."

다음 날 길동이 부친 시신을 운구하여 제 모친을 모시고 서강 가에 이르니 미리 지시해 놓은 배가 기다리고 있었다. 배에 올라 화살같이 빨리 저어 한 곳에 다다르니 여러 사람이 수십 척 배를 대고 기다렸다. 서로 반기며 호위하여 가니 그 광경이 성대하였다. 산 위에 다다라 인형이 자세히 보니 산세가 웅장한지라 길동의 지식을 못내 탄복하였다. 산역(山役)[20]을 마치고

19) 풍수지리에 대한 지식으로 산소를 잡거나 집터를 고르는 일을 말한다.
20) 시체를 묻고 뫼를 만들거나 이장하는 일이다.

함께 길동의 집으로 돌아오니, 백씨와 조씨가 시어머니와 시아주버니를 맞아 인사를 드리매 인형과 춘랑은 길동의 지식을 탄복하고 춘랑은 길동이 장가든 것을 칭찬하였다.

여러 날이 되자 인형은 길동과 춘섬을 이별하면서 산소를 극진히 모시라 당부한 후 산소에 하직 인사를 드리고 출발하였다. 본국에 이르러 모부인을 뵈옵고 전후 사실을 말씀드리니 부인이 신통하게 여겼다.

길동이 부친 제사를 극진히 받들어 삼년상을 마치고 나서 모든 장수들을 모아 무예를 익히며 농업에 힘쓰니 병사는 잘 조련되고 양식도 풍족하였다.

남쪽에 율도국이라는 나라가 있는데 기름진 평야가 수천 리나 되어 실로 살기 좋은 나라였고 길동이 마음속으로 늘 그리던 곳이었다. 모든 사람을 불러 당부하기를,

"내가 이제 율도국을 치고자 하니 그대들은 최선을 다하라." 하고는 그날 군대를 이끌고 떠났다. 길동은 스스로 선봉장이 되고 마숙으로 후군장을 삼아, 잘 훈련된 병사 오만을 거느리고 율도국 철봉산을 다다라 싸움을 걸었다. 율도국 태수 김현충이 난데없는 군사가 쳐들어옴을 보고 크게 놀라 왕에게 보고하는 한편 한 부대의 군사를 거느리고 내달아 싸웠다. 길동이 이를 맞아 싸워 한 번 접전에 김현충을 베고 철봉을 점령하여 백성을 달래어 위로하였다. 정철에게 철봉을 지키게 하고 대군을 지휘해 바로 도성을 치는데 격서(檄書)[21]를 율도국에 보냈다.

---

21) 전쟁 중에 상대방을 나무라거나 달래서 항복할 것을 종용하는 글이다.

의병장 홍길동은 글을 율도왕에게 부치노라. 임금은 한 사람의 임금이 아니요, 천하 사람의 임금이다. 내 하늘의 명을 받아 병사를 일으켜 먼저 철봉을 파하고 물밀듯 들어왔으니 왕은 싸우고자 하거든 싸우고 그렇지 않으면 일찍 항복하여 살기를 도모하라.

왕이 다 보고 나서 소리치기를,

"우리나라가 철봉을 굳게 믿다가 이제 잃었으니 어찌 대항하랴."

하고는 모든 신하를 거느리고 항복하였다. 길동이 성안에 들어가 백성을 달래어 안심시키고 왕위에 오른 후 율도왕을 의령군에 봉하였다. 마숙과 최철을 각각 좌의정과 우의정으로 삼고 나머지 여러 장수에게도 각각 벼슬을 내리니 조정 신하들이 만세를 불러 하례하였다.

왕이 나라를 다스린 지 삼 년에 산에는 도적이 없고 길에서는 떨어진 물건을 주워가지 않으니 태평세계라고 할 만하였다. 왕이 백룡을 불러,

"내가 조선 임금께 표문(表文)[22]을 올리려 하니 경은 수고를 아끼지 마시오."

하고 표문을 지어 임금께 올리고 편지를 홍씨 집으로 전하게 하였다. 백룡이 조선에 도착하여 먼저 표문을 올리니 임금이 보시고 칭찬하기를,

22) 나라의 신하나 제후국에서 천자에게 올리는 공식 문서이다.

"홍길동은 진실로 기이한 인재로다."
하고는 홍인형을 위문사(慰問使)로 삼아 조서(詔書)[23]를 내렸다. 인형이 임금의 은혜에 사례하고 돌아와 모부인에게 임금과 주고받은 바를 말씀드리니 부인도 함께 가려 하였다. 인형이 마지못해 부인을 모시고 출발하여 여러 날 만에 율도국에 이르렀다. 왕이 맞이해 예절을 차려 조서를 받고 나서 모부인과 인형을 환대하고, 산소를 찾아본 후 잔치를 베풀어 즐겼다. 여러 날이 되자 모부인 유씨가 문득 병을 얻어 세상을 떠나니 부친의 능에 합장하였다. 인형이 왕을 하직하고 본국에 돌아와 임금께 보고하니 임금이 모친상 당했음을 위로하였다.

율도왕이 삼년상을 마치니 대비(大妃)[24]도 이어서 세상을 떠나 부친의 능에 합장하고 삼년상을 마쳤다. 왕이 삼자이녀(三子二女)를 낳았는데 장자와 차자, 그리고 장녀는 백씨 소생이며 삼자와 차녀는 조씨 소생이었다. 장자 현으로 세자를 봉하고 그 나머지는 다 군(君)으로 봉하였다.

왕이 나라를 다스린 지 삼십 년 만에 갑자기 병이 들어 별세하니 나이 일흔둘이었다. 왕비도 이어 죽으니 선산에 안장한 후 세자가 즉위하여 대대로 이으면서 태평스럽게 지냈다.

---

23) 임금의 명을 공식적으로 알리는 문서이다.

24) 돌아가신 임금의 왕비나 후궁으로, 여기서는 길동의 어머니 춘섬을 가리킨다.

홍길동전

완판 36장본

조선국 세종대왕 즉위 십오 년에 홍화문(弘化門)[1] 밖에 한 재상이 있었는데 성은 홍이요, 이름은 문이었다. 사람됨이 청렴강직하여 덕망이 거룩하니 당세의 영웅이었다. 일찍 과거에 급제하여 벼슬이 한림학사로 있었으며 명망이 조정의 으뜸이었다. 전하께서 그 덕망을 중히 여기시고 벼슬을 돋우어 이조판서를 거쳐 좌의정을 맡기시니, 승상이 국은(國恩)을 감격하고 갈충보국(竭忠報國)[2]하여 사방에 일이 없고 도적이 없으며 시절은 온화하고 농사는 풍년이 들어 나라가 태평했다.

하루는 승상이 난간에 비겨 잠깐 졸고 있었는데 서늘한 바람이 길을 인도하여 한 곳에 다다르니 청산(青山)은 암암하고 녹수(綠水)는 양양한데 수양버들 천만 가지 푸른빛으로 나부끼고 황금 같은 꾀꼬리는 춘흥(春興)을 희롱하여 양류(楊柳)[3] 간에

1) 창경궁의 정문을 말한다.
2) 충성을 다하여 나라의 은혜에 보답하는 것이다.

왕래하며 기화요초(琪花瑤草)[4] 만발한데 청학(青鶴), 백학(白鶴)이며 비취, 공작이 봄기운을 자랑했다. 승상이 경치를 구경하며 점점 들어가니 만 길 절벽은 하늘에 닿았고 굽이굽이 벽계수는 골골이 폭포 되어 무지개가 어렸는데 길이 끊어져 갈 바를 알 수 없었다. 그때 문득 청룡이 물결을 헤치고 머리를 들어 고함하니 산골짝이 무너지는 듯하더니 그 용이 입을 벌리고 기운을 토하여 승상의 입으로 들어오거늘, 깨달으니 평생 대몽(大夢)이었다. 마음속으로 생각하기를,

'반드시 군자(君子)를 낳으리라.'

하여 즉시 안방으로 들어가 여종을 물리치고 부인을 이끌어 취침코자 하니 부인이 정색하고 말하였다.

"승상은 나라의 재상이라 품위가 존중하신데 대낮에 정실에 들어와 노류장화(路柳墻花)[5]같이 대하시니 재상의 체면이 어디에 있나이까?"

승상이 생각하신즉 말씀은 당연하오나 대몽을 허송할까 하여 꿈의 일을 이르지 아니하시고 잇달아 간청하시니, 부인이 옷을 떨치고 밖으로 나가 버렸다. 승상이 무안하신 중에 부인의 도도한 고집을 애달아 무수히 탄식하고 외당으로 나오시니 그때 여종 춘섬이 상을 가지고 들어왔다. 마침 주위가 고요함을 틈타서 춘섬을 이끌고 원앙지락을 이루어 어느 정도 울화를 더시나 마음속으로는 못내 한탄했다.

---

3) 가지가 가늘고 길게 늘어진 버드나무. 실버들.

4) 아름다운 꽃과 풀로서, 선계(仙界)의 화초를 뜻한다.

5) 몸을 파는 기생을 뜻한다.

춘섬이 비록 천한 사람이나 재덕(才德)이 순직한지라. 뜻하지 않게 승상의 위엄으로 친근하시니 감히 거역하지 못하여 순종한 후로는 그날부터 중문 밖에 나가지 아니하고 행실을 닦았다. 그달부터 태기 있어 열 달이 차니 거처하는 방에 오색 운무(雲霧)가 영롱하며 향내 기이한지라, 혼미 중에 해산하니 참으로 잘생긴 아들이었다. 삼 일 후에 승상이 들어와 보시니 한편으로는 기꺼우나 그 천생 됨을 아쉬워하고 이름을 길동이라 했다.

이 아이가 점점 자라매 기골이 비상하여 하나를 들으면 열을 알고, 한 번 보면 모르는 것이 없었다. 하루는 승상이 길동을 데리고 내당에 들어가 부인을 대하여 탄식하였다.

"이 아이 비록 영웅이나 천생이라 무엇에 쓰리오. 원통하도다 부인의 고집이여, 후회막급이로소이다."

부인이 그 연고를 물으니 승상이 눈썹을 찌푸리시며,

"부인이 전날 내 말을 들으셨던들 이 아이가 부인 몸에서 났을 것이니 어찌 천생이 되리오?"

하시고 꿈 이야기를 하니 부인이 기운 없는 목소리로 대답했다.

"이것도 운명이니 어찌 인력(人力)으로 하오리까?"

세월이 물 흐르듯 하여 길동의 나이 여덟 살이 되니 상하 다 칭찬하지 않는 사람이 없고 대감도 사랑하시나, 길동은 부친을 부친이라 못 하고 형을 형이라 부르지 못하는 것이 가슴에 원한이 되어 스스로 천생 됨을 자탄했다. 칠월 보름날에 밝은 달을 바라보며 뜰 아래 배회하더니 가을바람 서늘하고 기러기 우는 소리는 사람의 외로운 심사를 돕는지라. 홀로 탄식하기를,

"대장부 세상에 나매 공맹(孔孟)의 도학을 배워 출장입상(出將入相)[6]하여 대장인수(大將印綬)[7]를 허리에 차고 대장단(大將壇)[8]에 높이 앉아 천병만마(千兵萬馬)를 지휘 중에 넣어두고, 남으로 초나라를 치고 북으로 중원을 평정하며 서쪽으로 촉나라를 쳐 공을 세운 후에, 얼굴을 기린각(麒麟閣)[9]에 빛내고 이름을 후세에 남김이 대장부의 떳떳한 일이라. 옛사람이 이르기를 '왕후장상(王侯將相)이 씨가 없다.' 하였으니 나를 두고 한 말인가. 세상 사람이 아무리 못났어도 부형을 부형이라 부르는데 나는 홀로 그렇지 못하니 어떤 인생으로 이리 되었는고?"

하고 물으니 울적한 마음을 건잡지 못하여 칼을 잡고 달 아래 춤을 추며 장한 기운을 이기지 못했다. 이때 승상이 명월(明月)을 사랑하여 창을 열고 기대앉았더니 길동의 거동을 보시고 놀라서,

"밤이 이미 깊었거늘 너는 무슨 즐거움이 있어 이러하느냐?"

하고 물으시니 길동이 칼을 던지고 엎드려 대답하기를,

"소인은 대감의 정기를 타 당당한 남자로 태어났사오니 이만한 즐거운 일이 없사오되, 평생 설워하는 바는 아버지를 아버지라 부르지 못하옵고 형을 형이라 부르지 못하여 상하 노복이 다 천히 보고 친척들도 손으로 가리켜 아무의 천생이라 이

6) 전쟁에 나가서는 장수가 되고 조정에 있을 때는 재상이 된다는 말로, 문무의 재능을 겸비한 유능한 인물을 가리킨다.

7) 대장임을 알리는 표지이다.

8) 대장이 앉아서 군대를 통솔하는 자리를 말한다.

9) 중국 한(漢)나라의 무제(武帝)가 장안(長安)의 궁중에 세운 누각으로, 나라에 공을 세운 사람의 초상화를 걸어두었다고 한다.

르오니 이런 원통한 일이 어디에 있사오리까?"

하고 대성통곡하니 대감이 마음에 불쌍히 여기나 만일 그 마음을 위로해 주면 방자해질까 하여 꾸짖기를,

"재상의 천비(賤婢) 소생이 너뿐 아니니 방자한 마음을 두지 말라. 이후에 다시 이런 말을 번거롭게 하는 일이 있으면 눈앞에 용납지 못하리라."

하시니 길동은 한갓 눈물만 흘릴 뿐이었다. 한참을 엎드려 있었더니 대감이 물러가라 하시거늘 길동이 돌아와 어미를 붙들고 통곡하며 말했다.

"모친은 저와 전생연분으로 이 세상에서 모자간이 되었사오니 낳으시고 길러주신 은혜를 생각하면 하늘만큼이나 크옵니다. 하오나 남자가 세상에 나서 입신양명(立身揚名)[10]하여 위로는 조상 제사를 받들고 부모의 길러주신 은혜를 만분지일이라도 갚아야 하올 텐데, 이 몸은 팔자 기박하여 천생이 되어 남의 천대를 받으니 대장부 어찌 구구히 근본을 지키어 후회만 하리까? 이 몸이 당당히 조선국 병조판서 인수(印綬)[11]를 띠고 상장군이 되지 못할진대 차라리 몸을 산중에 붙여 세상 영욕(榮辱)을 모르고자 하오니, 모친은 자식의 사정을 살피사 아주 버린 듯이 잊고 계시면 후일에 제가 돌아와 모자간의 정을 이룰 날이 있을 것이니 그렇게 짐작하옵소서."

말을 마치고 기운이 도도하여 도리어 슬픈 기색이 없거늘 그

---

10) 출세하여 세상에 이름을 드날리는 것을 말한다.

11) 인끈. 조선 시대에 병조판서나 군문의 대장 등 병권을 가진 관원이 병부 주머니를 차던, 사슴 가죽으로 된 끈을 말한다.

어미 이 거동을 보고 달래었다.

"재상가 천생이 너뿐 아니라. 무슨 말을 들었는지 모르지만 어미의 간장을 이다지 상하게 하느냐? 어미의 낯을 보아 아직 참고 있으면 차차 대감이 처결해 주시는 분부가 없지 않을 것이다."

"부형의 천대는 고사하고 종들이나 어린아이들로부터 가끔씩 들리는 말이 골수에 박히는 일이 허다합니다. 근래에 곡산모(谷山母)의 행색을 보니 저보다 나은 사람을 미워하여 잘못도 없는 우리 모자를 원수같이 보아 살해할 뜻을 두니 오래지 아니하여 큰 재난이 닥칠 것입니다. 그러나 소자가 나간 후라도 모친에게 후환이 미치지 아니케 하오리다."

"네 말이 그러하나 곡산모는 어진 사람이라 어찌 그런 일이 있으리오?"

"세상의 일이란 짐작하기 어렵습니다. 제 말을 헛되이 생각지 마시고 장래를 보옵소서."

원래 곡산모는 곡산 기생으로 대감의 총애하는 첩이 되어 몹시 방자하여 종들이라도 제 뜻에 맞지 않는 일이 있으면 모함하여 생명을 부지할 수 없었다. 남들이 잘못되면 기뻐하고 자기보다 나으면 시기하더니, 대감이 용꿈을 꾸고 길동을 낳아 사람마다 칭찬하고 대감이 사랑하시니 뒷날 대감의 사랑을 빼앗길까 두려워했다. 대감이 이따금 희롱하시는 말씀으로,

"너도 길동 같은 자식을 낳아 나의 늘그막에 재미를 보게 해 보려무나."

하시니 무안하게 생각하던 중에 길동의 이름이 날로 자자하므

로 초낭이 더욱 크게 시기하여 길동 모자를 눈엣가시같이 미워하고 해할 마음이 급했다. 흉계를 짜내고 재물을 흩어 요괴로운 무녀 등을 불러 모의하고 날마다 왕래했다. 무녀가 말하기를,

"동대문 밖에 관상 보는 여자가 있는데 사람의 상을 한번 보면 평생 길흉화복을 판단한다 합니다. 이제 그를 청하여 약속을 정하고 대감에게 천거하여 집안의 전후사를 본 듯이 이른 후에 길동의 상을 보고 이러이러하게 아뢰어 대감의 마음을 놀래게 하면 낭자의 소원을 이룰까 하나이다."

하니 초낭이 크게 기뻐하여 즉시 관상녀에게 연락하여 재물로써 달래고 대감 댁 일을 낱낱이 일러주어 길동 제거할 약속을 정한 후에 날을 기약하고 돌려보냈다.

하루는 대감이 안방에 들어가 길동을 부른 후에 부인을 보고,

"이 아이 비록 영웅의 기상이 있으나 어디다 쓰리오."

하시며 즐기고 있는데, 문득 한 여자가 밖으로부터 들어와 마루 아래서 인사를 했다. 대감이 이상히 여겨 그 연고를 물으니 그 여자가 땅에 엎드려 아뢰기를,

"저는 동대문 밖에 사옵는데 어려서 도인을 만나 사람의 상 보는 법을 배웠습니다. 관상을 보면서 장안의 수많은 집을 두루 다니다가 대감 댁 소문을 듣고 천한 재주를 시험코자 왔나이다."

하였는데, 대감이 어찌 요괴로운 무녀를 대하여 문답을 하였으리오마는 길동을 데리고 놀던 끝이라 웃으시며,

"아무튼 이리 가까이 올라와서 나의 평생 운수를 분명히 이야기해 보아라."

하시니 관상녀 몸을 굽혀 절하고 마루에 올라 먼저 대감의 상을 살핀 후에 지나온 일들을 역력히 아뢰며 앞날의 일을 보는 듯이 이야기하니 조금도 대감의 마음에 어긋나는 점이 없었다. 대감이 크게 칭찬하시고 이어서 집안 식구의 상을 의논했더니 하나하나 본 듯이 일러주어 한 마디도 허망한 곳이 없었다. 대감과 부인이며 그 자리에 있던 여러 사람이 크게 매혹되어 귀신같다고 칭찬했다. 마지막으로 길동의 상을 보고는 크게 칭찬하기를,

"제가 여러 곳을 돌아다니며 천만인을 보았으되 공자의 상 같은 이는 처음이지만 혹시 부인께서 낳으신 아들은 아닌가 하나이다."

하니 대감이 속이지 못하여,

"그것은 그러하거니와 사람마다 길흉과 영욕이 각각 때가 있으니 이 아이 상을 잘 보아 이야기해 보아라."

하시니 상녀가 이윽히 보다가 거짓 놀라는 체하거늘, 괴이히 여겨 그 연고를 물으시니 말이 없어 대감이 재촉했다.

"길흉을 조금도 꺼리지 말고 보이는 대로 말하여 나의 의혹이 없게 하라."

"이 말씀을 바로 아뢰면 대감의 마음을 놀라게 할까 두렵나이다."

"옛날 곽분양(郭汾陽)[12] 같은 사람도 길한 때 있고 흉한 때 있었으니 어찌 여러 말이 있느냐? 관상법에 보이는 대로 꺼리

12) 분양왕(汾陽王)에 봉해진 당나라의 명장 곽자의(郭子儀)를 일컫는다.

지 말라."

관상녀 마지못하여 길동을 내보낸 뒤에 조용히 아뢰기를,

"공자의 장래 일은 여러 말 할 것 없이 잘되면 임금이 될 상이요, 잘못되면 헤아리지 못할 걱정이 있나이다."

하니 대감이 크게 놀래어 한참을 진정한 후에 관상녀에게 후한 상을 주고,

"이런 말을 삼가 입 밖에 내지 말라."

엄히 분부하시고,

"내 저에게 늙도록 바깥출입을 못 하게 하리라."

하시니 관상녀가 말하기를,

"왕후장상이 어디 씨가 있으리까?"

하기에 대감이 누누이 당부하시니 관상녀 손을 모아 명을 듣고 나갔다.

대감이 이 말을 들으신 후로 마음속으로 크게 근심하사 골똘히 생각하시었다.

'이놈이 본래 범상한 놈이 아니요, 또 천생 됨을 자탄하여 만일 주제넘은 마음을 먹으면 여러 대 충성을 다해 나라를 도운 일이 쓸데없고 큰 재앙이 우리 가문에 미치겠구나. 그렇다고 미리 저를 없애 가문의 화를 피하려고 해도 인정에 차마 못할 일이로다.'

생각이 이러하나 선처할 도리가 없어 그로 말미암아 병을 얻어 밥을 먹어도 맛을 모르고 잠을 자도 편안하지 않았다. 초낭이 기색을 살핀 후에 틈을 타서 여쭙기를,

"길동이 관상녀의 말처럼 왕이 될 기미가 있어 주제넘은 짓

을 하게 되면 가문의 화가 장차 헤아리지 못할 것입니다. 저의 어리석은 소견으로는 사소한 어려움은 생각지 마시고 큰일을 생각하여 저를 미리 없애는 것이 나을까 하나이다."

하니 대감이 크게 꾸짖기를,

"이 말을 경솔히 할 바가 아니거늘 네 어찌 입을 조심하지 못하느냐? 내 집 운명을 네가 알 바 아니니라."

하시니 초낭이 황공하여 다시 말을 못 하고 안방에 들어가 부인과 대감의 장자를 대하여 아뢰었다.

"대감이 관상녀의 말을 들으신 후로 아무리 생각해 보아도 선처하실 도리가 없사와 침식(寢食)이 불안하시더니 그 생각으로 병환이 되셨습니다. 그래서 소인이 일전에 이러이러한 말씀을 아뢰었더니 꾸중이 났기로 다시 여쭙지 못했습니다. 하오나 제가 대감의 마음을 헤아려보니 대감께서도 저를 미리 없애고자 하시되 차마 손을 대지 못하오니, 저의 미련한 소견으로 생각한 모책은 길동을 먼저 없앤 후에 대감께 아뢰면 이미 저질러진 일이라 대감께서도 어찌할 수 없사와 마음을 아주 잊을까 하옵나이다."

부인이 상을 찡그리며,

"일은 그러하나 인정상 차마 할 바가 아니니라."

하시니 초낭이 다시 여쭙기를,

"이 일에 여러 문제가 달려 있사오니 하나는 국가를 위함이요, 둘은 대감의 병환을 위함이요, 셋은 홍씨 일문을 위함입니다. 적은 사정으로 우유부단하여 여러 가지 큰일을 생각지 아니하시다가 후회막급이 되오면 어찌하오리까?"

하며 온갖 말로 부인과 대감의 장자를 달래니 마지못하여 허락했다. 초낭이 속으로 기뻐하며 나와서는 특자라 하는 자객을 청하여 앞뒤 사정을 다 전하고 돈을 많이 주어 오늘 밤에 길동을 해하라고 약속을 정했다. 다시 안방에 들어가 부인에게 전후 사정을 여쭈니 부인이 들으시고 발을 구르시며 못내 애석해하셨다.

이때 길동의 나이는 열한 살이었다. 기골이 장대하고 총명이 빼어나며 『시경(詩經)』, 『서경(書經)』과 온갖 책들을 모를 것이 없이 다 알았다. 그러나 대감 분부로 바깥출입을 막으시니 홀로 별당에 거처하며 손오병서(孫吳兵書)[13]를 통달하여, 귀신도 측량치 못하는 술법과 천지조화를 품어 풍운(風雲)을 마음대로 부리며 도술로써 귀신을 부리는 신출귀몰한 재주를 가졌으니, 세상에 두려울 것이 없었다. 이날 밤이 깊어 책상을 물리고 잠자리에 들려 하는데 문득 창밖에서 까마귀 세 번 울고 서쪽으로 날아가거늘, 마음에 놀래 그 뜻을 풀어보니 까마귀 세 번 '객자(客刺)[14]와, 객자 와.' 하고 서쪽으로 날아가는지라,

"이는 분명 자객이 올 징조라. 어떤 사람이 나를 해치고자 하는고? 아무커나 몸을 방어할 계책을 세워야겠구나."

하고 방 안에 팔진(八鎭)[15]을 치고 방위를 서로 바꾸어놓았다. 남방 이허중은 북방의 감중련에 옮기고, 동방 진하련은 서방

13) 전국시대 손무(孫武)와 오기(吳起)의 병법을 기술한 책이다.

14) 자객을 가리키는 말이다.

15) 사방(四方)과 사우(四隅). 사방은 네 방위, 곧 동서남북의 총칭. 사우는 사방의 사이, 곧 건(乾)·곤(坤)·간(艮)·손(巽)을 말한다. 팔방(八方).

태상절에 옮기고, 건방 건삼련은 손방 손하절에 옮기고, 곤방 곤삼절은 간방 간상련에 옮겨 놓고[16], 그 가운데 풍운을 넣어 조화무궁한 괘(卦)를 벌여놓고 때를 기다렸다.

이때 특자가 비수를 들고 길동이 거처하는 별당에 가서 몸을 숨기고 길동이 잠들기를 기다리는데 난데없는 까마귀 창밖에 와 울고 가거늘 마음에 크게 의심하여,

'이 짐승이 무슨 알음이 있어 천기를 누설하는고? 길동은 실로 범상한 사람이 아니니 반드시 뒷날 크게 쓰이리라.'

하고 돌아가고자 하다가 돈 욕심 때문에 몸을 생각할 겨를이 없었다. 한참을 기다렸다가 몸을 날려 방 안으로 들어가 보니 길동은 간데없고, 한 줄기 회오리바람이 일어나며 천둥 번개가 천지를 뒤흔들고 안개 자욱하여 동서를 분별할 수 없었다. 좌우를 살펴보니 수많은 봉우리와 골짜기가 에워싸고 너른 바다가 넘실거려 정신을 수습할 수 없었다. 특자가 마음속으로 생각하기를,

'내 아까 분명 방 안에 들어왔는데 산은 어인 산이며 물은 어인 물인고?'

하며 갈 바를 알지 못하더니, 문득 피리 소리 들리거늘 살펴보니 청의동자(青衣童子) 백학을 타고 공중을 떠다니며 소리쳤다.

"너는 어떠한 사람인데 이 깊은 밤에 비수를 들고 누구를 해

---

16) 건(乾), 곤(坤), 감(坎), 리(離), 진(震), 간(艮) 태(兌), 손(巽) 등은 주역의 팔괘에 해당하는 것이며, 이것들로 방향을 가리키기도 한다. 이를 서로 바꾸어 놓음으로써 방향을 찾지 못하게 하는 술법을 부릴 수 있다고 한다.

치고자 하느냐?"

특자가 대답하기를,

"네 분명 길동이로다. 나는 네 부형의 명령을 받아 너를 죽이러 왔노라."

하고 비수를 들어 치니 문득 길동은 간데없고 음산한 바람이 크게 일고 벼락이 내리쳐 중천에 살기(殺氣)뿐이었다. 마음에 크게 겁을 내어 칼을 찾으며,

"내 남의 재물을 욕심내다가 사지(死地)에 빠졌으니 누구를 원망하고 누구를 탓하리오."

하며 길이 탄식하더니 문득 길동이 비수를 들고 공중에서 외치기를,

"못난 놈은 들으라. 네가 재물을 탐하여 무죄한 인명을 살해코자 하니 이제 너를 살려 두면 뒷날에 무죄한 사람이 허다히 상할 것이라, 어찌 살려 보내랴."

하니 특자가 애걸하였다.

"이는 실상 소인의 죄 아니라 공자 댁 초 낭자가 꾸민 일이오니 바라건대 가련한 인명을 구제하셔서 이후로 허물을 고쳐 착한 사람이 되게 하소서."

길동이 더욱 분을 이기지 못하여,

"너의 죄악이 하늘에 사무쳐 오늘날 나의 손을 빌려 악한 무리를 없애게 함이로다."

하고 말을 마치자 특자의 목을 쳐버리고 신장(神將)[17]을 호령하

17) 귀신 가운데 무력을 맡은 장수신으로, 사방의 잡귀나 악신을 몰아내는 역할을 한다.

여 동대문 밖 관상녀를 잡아다가 죄를 따져 나무랐다.

"네가 요망한 년으로 재상가에 출입하며 인명을 상해하니 네 죄를 아느냐?"

관상녀가 제집에서 자다가 구름에 쌓이어 둥둥 떠서 어디로 가는 줄도 모르고 있더니 문득 길동의 꾸짖는 소리를 듣고 애걸했다.

"이는 다 저의 죄가 아니오라 초 낭자의 지시로 한 것이오니 바라건대 너그러우신 마음으로 죄를 용서하소서."

길동이 말하기를,

"초 낭자는 나의 계모니 죄를 논하지 못하려니와, 너 같은 악종을 내 어찌 살려 두리오. 뒤에 오는 사람을 징계하리라."
하고 칼을 들어 머리를 베어 특자의 주검에 던지고, 분한 마음을 걷잡지 못하여 바로 대감에게 나아가 이 변괴를 아뢰고 초 낭을 베려 하다가 홀연 생각하기를,

'남은 나를 배반했지만 나는 남을 배반하지 않으리라. 내 일시의 분으로 어찌 인륜(人倫)을 끊으리오.'
하고 바로 대감 침소로 가서 뜰 아래 엎드렸더니, 대감이 잠을 깨어 문밖에 인적 있음을 이상히 여겨 창을 열고 보니 길동인지라,

"밤이 이미 깊었는데 네 어찌 자지 아니하고 무슨 연고로 이러하느냐?"
하고 꾸짖으니 길동이 눈물을 흘리며 대답하였다.

"집안에 흉한 변고가 있어 목숨을 보존하고자 집을 떠나려 하고 대감께 하직하러 왔나이다."

대감이 '필연 무슨 곡절이 있구나.' 생각하시고,

"무슨 일인지 날이 새면 알려니와 급히 돌아가 자고 분부를 기다리라."

하시니 길동이 엎드려 아뢰었다.

"소인이 이제 집을 떠나가오니 대감께서는 평안히 계시옵소서. 소인이 다시 뵈올 기약이 아득하오이다."

대감 생각에 길동은 보통 사람이 아니라 만류하여도 듣지 아니할 것이라 짐작하고 물었다.

"네 이제 집을 떠나면 어디로 가려 하느냐?"

길동이 엎드려 아뢰기를,

"목숨을 구하고자 천지로 집을 삼고 나가오니 어찌 정한 곳이 있사오리까마는, 평생 원한이 가슴에 맺혀 씻을 날이 없사오니 더욱 서러워하나이다."

하니 대감이 위로하기를,

"오늘로부터 네 원한을 풀어줄 것이니 네가 나가 사방에 떠돌지라도 부디 죄를 지어 부형에게 걱정을 끼치지 말고 쉬이 돌아와 나의 마음을 위로하라. 여러 말 아니하니 부디 명심하여라."

하시니 길동이 일어나 다시 절하고,

"부친이 오늘날 해묵은 소원을 풀어주시니 이제 죽어도 한이 없사옵고 황공하여 몸 둘 바를 알지 못하옵니다. 바라건대 아버님은 만수무강하소서."

하며 하직 인사를 하고 나와 바로 그 모친 침실에 들어가 어미를 대하여 말하기를,

"제가 이제 목숨을 구하고자 집을 떠나오니 모친은 불효자를 생각지 마시고 계시오면 돌아와 뵈올 날이 있사오니 달리 염려 마시고 삼가 조심하여 천금 같은 귀중한 몸을 보중하옵소서."
하고 초낭이 꾸몄던 일을 처음부터 끝까지 낱낱이 이야기하니, 그 어미가 내막을 자세히 듣고 나서 길동을 만류하지 못할 줄 알고 탄식하기를,

"너는 이제 나가 잠깐 화를 피하고 어미 낯을 보아 쉬이 돌아와 나로 하여금 실망하지 않게 하라."
하며 못내 서러워하니 길동이 무수히 위로하고 눈물을 거두어 하직을 고했다. 문을 나섰으나 너른 천지에 몸 하나 둘 곳이 없음을 탄식하며 정처 없이 다녔다.

이때 부인이 자객을 길동에게 보낸 줄 알고 밤이 새도록 잠을 이루지 못하고 무수히 탄식하니 장자 길현이 위로하기를,

"저도 마지못해 하는 일이오니 그가 죽은 후에라도 어찌 한이 없사오리까? 그 어미를 더욱 후대하여 일생을 편하게 해주고 그의 시신을 후히 장사하여 안타까운 마음을 만분지일이나 덜까 하나이다."
하고 밤을 지냈다. 이튿날 초낭은 별당에서 날이 밝도록 아무런 소식도 없음을 의아하게 여겨 사람을 보내 탐지해 보니 길동은 간데없고 목 없는 주검 둘이 방 안에 거꾸러져 있기에 자세히 살펴보니 특자와 관상녀였다. 초낭이 이 말을 듣고 크게 놀래어 급히 안방에 들어가서 이 사연을 부인께 고하니 부인 또한 크게 놀라 장자 길현을 불러 길동을 찾았으나 끝내 거처

를 알 수 없었다. 대감을 모셔다 전후 사연을 아뢰며 죄를 청하니 대감이 크게 꾸짖기를,

"집안에 이런 변고를 만드니 화가 장차 무궁할지라. 간밤에 길동이 집을 떠나노라 하고 하직을 고하기로 무슨 일인지 몰랐더니 이런 일이 있을 줄 어찌 알았으리오."

하시고 초낭을 크게 꾸짖기를,

"네가 저번에 괴이한 말을 자아내기로 꾸짖어 물리치고 그런 말을 다시 내지 말라 하였거늘 끝내 마음을 고치지 아니하고 집안에 있어 이런 일을 꾸몄으니 죄를 말하자면 죽기를 면치 못하리라. 어찌 내 눈앞에 두고 보리오."

하고 노복을 불러 두 주검을 남이 모르게 치우고 마음 둘 곳을 몰라 좌불안석(坐不安席)하였다.

이때 길동이 집을 떠나 사방으로 떠돌아다니다가 하루는 한 곳에 이르니 겹겹이 쌓인 높은 산들이 하늘에 닿은 듯하고 초목이 무성하여 동서를 분별치 못했다. 날은 저물고 인가도 보이지 않아 오도 가도 못 하고 있었다. 한참을 주저하다가 한 곳을 바라보니 괴이한 표주박이 시냇물에 떠내려오기에 인가가 있는 줄 짐작하고 시냇물을 좇아 몇 리를 들어가니 산천이 열린 곳에 수백 호 인가가 즐비했다. 길동이 그 마을에 들어가니 한곳에 수백 명이 모여 잔치를 차려 술자리를 벌였는데 무언가 토론을 벌이고 있었다.

원래 이 마을은 산적들의 소굴이었다. 이날 마침 장수를 정하려 하고 토론을 벌이고 있었는데, 길동이 이 말을 듣고 마음속으로 생각하기를,

'내가 정처 없이 떠도는 처지로 우연히 이곳에 왔으니 이는 나에게 하늘이 지시하심이로다. 내가 녹림(綠林)[18]에 몸을 의탁하여 남아의 지기(志氣)를 펴리라.'

하고 좌중에 나아가 성명을 말하면서,

"나는 서울 홍 승상의 아들로서 사람을 죽이고 목숨을 구하려고 도주하여 사방에 떠돌아다니는 몸이오. 오늘날 하늘이 지시하여 우연히 이곳에 이르렀으니 내가 녹림호걸의 으뜸 장수가 되면 어떻겠소?"

하고 자청했다. 그 자리에 앉아 있던 모든 사람이 술이 취하여 토론을 벌이고 있다가 뜻밖에 난데없는 총각 아이가 들어와 장수를 자청하니 서로 돌아보며 꾸짖기를,

"우리 수백 명이 다 빼어난 힘을 가졌으되 지금 두 가지 일을 행할 사람이 없어 아직 결정을 못 하고 있는데 너는 어떠한 아이기에 감히 우리 잔치 자리에 뛰어들어 이렇게 망측한 말을 하느냐? 목숨이 아까워 살려 보내니 급히 돌아가거라."

하고 등을 밀어 내쳤다. 길동이 돌문 밖에 나와 큰 나무를 깎아 글을 써놓았다.

> 용이 얕은 물에 잠기어 있으니 물고기가 침노하며
> 범이 깊은 수풀을 잃으니 여우와 토끼의 조롱을 받는도다
> 오래지 아니하여 풍운을 얻으면
> 그 변화 측량키 어려우리로다

---

18) 산적이 사는 소굴을 말한다.

한 군사가 그 글을 베껴 좌중에 드리니 윗자리에 앉아 있던 사람이 그 글을 보다가 여러 사람에게,

"그 아이 거동이 비범할 뿐 아니라 더욱이 홍 승상의 자제라 하니, 청하여 그 재주를 시험한 후에 처치함이 이롭지 아니하겠소?"

하니 그 자리에 앉아 있던 모든 사람이 동의하여 즉시 길동을 불러 자리에 앉히고 말했다.

"지금 우리의 의논이 두 가지이다. 첫째는 이 앞에 초부석(樵夫石)[19]이라 하는 돌이 있는데 그 무게가 천여 근이라 이 자리에서는 쉽게 들 사람이 없고, 둘째는 경상도 합천 해인사에 수만금의 재물이 있으나 수도승이 수천 명이라 그 절을 치고 재물을 빼앗을 모책이 없으니, 그대가 이 두 가지를 능히 행하면 오늘부터 장수를 삼으리라."

길동이 이 말을 듣고 웃으며,

"대장부 세상에 살아가자면 마땅히 위로는 천문(天文)을 통하고 아래로는 지리(地理)를 살피며 가운데로는 인의(人意)를 깨달아야 할 것이니 어찌 이만한 일을 겁내리오?"

하고 즉시 팔을 걷고 나아가 초부석을 들어 팔 위에 얹고 수십 보를 행하다가 도로 그 자리에 놓으면서 조금도 힘들어하는 기색이 없었다. 모든 사람이 칭찬하기를,

"실로 장사로다!"

하며 상좌에 앉히고 술을 권하고 장수라고 칭찬하며 치하하는

---

19) 나무꾼들에게 길을 안내하기 위해 세운 돌이다.

소리 자자했다. 길동이 군사를 명하여 백마를 잡아 피를 마셔 맹세하면서 모든 군사들에게 명령하기를,

"우리 수백 명이 오늘부터 사생(死生)과 고락(苦樂)을 한가지로 할 것이니 만일 약속을 배반하고 명령을 어기는 자가 있으면 군법으로 시행할 것이다."

하니 모든 군사들이 일시에 대답하고 즐겼다. 며칠이 지나 모든 군사에게 분부하기를,

"내 합천 해인사에 가서 계책을 정하고 올 것이다."

하고 글공부하는 서생(書生) 옷차림으로 나귀를 타고 하인 몇 사람을 데리고 가니 영락없는 재상 댁 자제였다. 해인사에 미리 통지하기를,

"경성 홍 승상 댁 자제 공부하러 오신다."

하니 그 절의 모든 중들이 그 소식을 듣고 의논하기를,

"재상 댁 자제가 절에 거처하시면 그 힘이 적지 아니할 것이다."

하고 모두 동구 밖에 나와 맞이하고 인사를 했다. 길동이 기꺼이 절에 들어가 자리를 잡은 뒤에 여러 중들을 보고 말했다.

"내 들으니 너희 절이 서울에 유명하기에, 소문을 듣고 먼 길을 상관하지 않고 한번 구경도 하고 공부도 하려 하여 왔노라. 그러니 너희도 괴롭게 생각하지 말 것이며 절 안에 머무는 잡인(雜人)을 모두 내보내도록 하라. 이 고을 관청에 가서 본관을 보고 백미 이십 석을 보낼 것이니 아무 날 음식을 장만하라. 내 너희와 더불어 승려와 속인의 구별을 버리고 함께 즐긴 뒤에 그날부터 공부하리라."

모든 중들이 황공하게 여기고 명을 따랐다. 길동이 법당 주위를 돌아다니며 두루 살핀 후에 돌아와 적군(賊軍)[20] 수십 명에게 백미 이십 석을 보내며,

"아무 고을 관청에서 보냈다고 말하여라."

하고 전하게 했다. 여러 중들이 어찌 대적의 흉계를 알겠는가? 행여 분부를 어길까 염려하여 그 백미로 즉시 음식을 장만하는 한편 절에 머무는 잡인을 다 내보냈다. 기약한 날에 길동이 여러 도적들에게 분부하기를,

"이제 해인사에 가 모든 중들을 다 결박할 것이니 너희들은 근처에 매복했다가 한꺼번에 절에 들어와 재물을 찾아내어 내가 가르치는 대로 가되, 내 명령을 어기지 말라."

하고 장대한 하인 십여 명을 거느리고 해인사로 갔더니 여러 중들이 동구 밖에 나와 기다리고 있었다. 길동이 들어가 분부하기를,

"절에 사는 중들은 늙은이, 젊은이 가릴 것 없이 하나도 빠지지 말고 일제히 절 뒤 개울가로 모이라. 오늘은 너희와 함께 종일 배부르게 먹고 취하여 놀겠다."

하니 중들이 먹는 일도 중요할 뿐 아니라 분부를 어기면 행여 죄를 받을까 저어하여 수천 명의 중이 일시에 개울가로 모이니 절 안은 텅 비어 있었다. 길동이 윗자리에 앉고 여러 중들을 차례로 앉힌 뒤에 각각 음식상을 주어 술도 권하며 즐겼다. 음식상을 올리고 한참 뒤에 길동이 소매에서 모래를 내어 입에 넣

20) 도둑 무리로 이루어진 군대를 뜻한다.

고 씹으니 돌 깨무는 소리에 여러 중이 정신이 달아났다. 길동이 크게 화를 내어 꾸짖기를,

"내가 너희와 더불어 승려와 속인의 구분을 버리고 즐긴 후에 머물러 공부를 하려고 했더니, 이 못된 중놈들이 나를 쉬이 보고 음식을 이렇게도 부정하게 하다니 참으로 괘씸하구나."

하고 데리고 갔던 하인을 호령하여,

"모든 중들을 일제히 결박하라."

하며 재촉이 성화같았다. 하인이 한꺼번에 달려들어 중들을 결박하는데 어찌 조금이나마 사정이 있으리오. 이때 여러 도적들이 동구 주위에 매복했다가 이 기미를 알아차리고 일시에 달려들어 창고를 열고 수만금 재물을 제것 가져가듯이 소와 말에 싣고 갔으나 사지를 결박당해 요동치 못하는 중들이 어찌 막을 수 있겠는가? 단지 입으로만 원통하다는 소리를 동네가 무너지는 듯이 질러댈 뿐이었다.

이때 절에 있던 목공 하나가 그 자리에 참여하지 않고 절을 지키다가 난데없는 도적이 들어와 창고를 열고 제것 가져가듯이 하는 것을 보고 급히 도망하여 합천 관가에 가 이 사실을 알렸다. 합천 원이 크게 놀라서 한편으로는 관리를 보내고 또 한편으로는 관군을 뽑아서 뒤를 좇았다. 모든 도적이 재물을 싣고 소와 말을 몰고 나서서 멀리 바라보니 수천 군사가 풍우같이 몰려오는데 티끌이 하늘에 닿은 듯했다. 여러 도적이 겁을 내어 갈 바를 알지 못하고 도리어 길동을 원망했다. 길동이 웃으며,

"너희가 어찌 나의 숨은 계획을 알겠느냐? 염려 말고 남쪽

너른 길로 가라. 내가 저기 오는 관군을 북쪽 좁은 길로 가도록 하겠다."
하고 법당에 들어가 중의 장삼을 입고 고깔을 쓰고 높은 봉우리에 올라가 관군을 불러 외치기를,
"도적이 북쪽 좁은 길로 갔사오니 이리로 오지 말고 그리로 가 잡으시오."
하며 장삼 소매를 날려 북쪽 좁은 길을 가리키니 관군이 오다가 남쪽 길을 버리고 노승이 가리키는 북쪽 좁은 길로 쫓아갔다. 길동이 내려와 축지법을 써서 여러 도적을 이끌고 동네로 돌아오니 도적들이 좋아서 왁자지껄하게 떠들었다.

이때 합천 군수가 관군을 몰아 도적을 뒤쫓았지만 자취를 찾지 못하고 돌아오니 온 고을이 시끌벅적했다. 이 사실을 감영에 문서로 보고하니 감사가 듣고 놀래어 각 읍에 군대를 보내어 도적을 잡으라 했으나 끝내 형적을 몰라 길거리가 소란했다.

하루는 길동이 여러 도적을 불러 의논했다.

"우리가 비록 녹림에 몸을 붙였으나 다 나라 백성이라. 대대로 나라의 물과 곡식을 먹고 살았다. 만일 위태한 시절을 당하면 마땅히 화살과 돌을 무릅쓰고 임금을 도와야 할 것이니 어찌 병법을 배우지 않겠느냐? 이제 무기를 장만할 계책이 있으니 아무 날 함경감영 남문 밖 왕릉[21] 근처에 땔나무를 실어다가 그날 밤 삼경에 불을 놓되 왕릉에는 닿지 못하게 하라. 나는 남은 군사를 거느리고 기다리다가 감영에 들어가 무기와 곡식을

21) 태조 이성계의 선조들이 묻혀 있는 무덤을 말한다.

탈취하리라."

약속을 정한 후, 기약한 날에 군사를 두 부대로 나누어 한 부대는 땔나무를 운반하게 하고, 또 한 부대는 길동이 거느려 매복했다. 삼경이 되어 왕릉 근처에 불꽃이 솟아오르거늘 길동이 급히 들어가 관청 문을 두드리며 소리쳤다.

"왕릉에 불이 났으니 급히 불을 끄시오!"

감사가 잠결에 놀라서 나와 보니 과연 불꽃이 하늘을 찌르는지라. 하인을 거느리고 나가며 한편으로 군사를 불러 모으니 성안이 물 끓 듯하여 백성들도 다 왕릉으로 가고 성안이 텅 비어 노약자만 남아 있었다. 길동이 여러 도적을 거느리고 한꺼번에 달려들어 곡식과 무기를 도적하고 축지법을 행하여 순식간에 동네로 돌아왔다.

이때에 감사가 불을 끄고 돌아오니 창고를 지키던 군사가 아뢰기를,

"도적이 들어와 창고를 열고 군기와 곡식을 도적하여 갔나이다."

하니 크게 놀래어 사방으로 군사를 보내어 찾았으나 자취가 없어 변고인 줄 알고, 이 사실을 나라에 보고했다.

이날 밤에 길동이 동네로 돌아와 잔치를 베풀고 즐기며,

"우리 이제는 백성의 재물은 추호도 빼앗지 말고 각 읍 수령과 방백 가운데 백성의 피를 빨아 모은 재물을 빼앗아서 불쌍한 백성을 구제할 것이니, 이 동네 이름을 '활빈당' 이라 하겠다."

하고 또 말하기를,

"함경감영에서 무기와 곡식을 잃고 우리 자취를 알지 못하

여 그동안 애매한 사람이 허다히 상할 것이다. 내가 지은 죄를 애매한 백성에게 돌려보내면 사람은 비록 알지 못해도 천벌이 두렵지 아니하랴?"
하고 즉시 감영 북문에 써서 붙였다.

창고의 곡식과 무기를 도적한 자는 활빈당 당수 홍길동이다.

하루는 길동이 생각하기를,

'내 팔자 기구하여 집에서 도망쳐 나와 몸을 녹림호걸에 붙였으나 이는 내 본심이 아니라. 입신양명하여 위로 임금을 도와 백성을 건지고 부모에게 영화를 뵐 것이거늘, 남의 천대를 분히 여겨 이 지경에 이르렀으니 차라리 이로 인하여 큰 이름을 얻어 후세에 전하리라.'
하고 초인 일곱을 만들어 각각 군사 오십 명씩 거느리고 팔도에 나누어 보내면서 다 각기 혼백을 붙여 조화무궁하니, 군사들이 서로 의심하여 어느 도로 가는 것이 참 길동인 줄을 몰랐다. 각각 팔도를 돌아다니며 불의한 사람의 재물을 빼앗아 불쌍한 사람을 구제하고, 수령의 뇌물을 탈취하고, 창고를 열어 백성을 구제하니 곳곳에 소동이 일어났다. 창고를 지키는 군사가 잠을 자지 않고 지켰으나 길동의 재주로 한 번 움직이면 비바람이 크게 일어나며 구름과 안개 자욱하여 천지를 분간치 못하니, 수직(守直)[22]하는 군사가 손을 묶인 듯이 어쩔 수가 없었

22) 건물이나 물건 따위를 맡아서 지키는 일이다.

다. 팔도를 어지럽게 하면서 '활빈당 장수 홍길동'이라는 이름을 분명히 밝히고 돌아다니는데도 누가 그 자취를 찾으리오? 팔도 감사가 한꺼번에 보고서를 올리는데 전하께서 펼쳐보시니 그 내용은 모두 이러했다.

> 홍길동이란 도적이 바람과 구름을 부려 각 고을에서 난동을 부려 아무 날은 이러이러한 고을에서 무기를 도적하고, 아무 때는 아무 고을의 곡식을 빼앗아 갔으나 이 도적의 자취를 잡지 못하여 황공한 사연을 아뢰나이다.

전하께서 이 글을 보시고 크게 놀라시어 각 도에서 보고서 올린 날짜를 맞추어보니 길동의 장난친 날이 같은 달 같은 날이었다. 전하께서 크게 근심하여 여러 고을에 명하기를,

"관리이든 서민이든 간에 이 도적을 잡으면 천금의 상을 내리리라."

하시고 팔도에 어사를 보내어 민심을 가라앉히고 이 도적을 잡으라 하시었다.

이후로는 길동이 쌍교(雙轎)[23]를 타고 다니며 고을 수령을 마음대로 내쫓고, 창고를 활짝 열어 가난한 백성에게 곡식을 나누어 주기도 하며, 죄인을 잡아 다스리며, 감옥 문을 열고 무죄한 사람은 풀어주었다. 이런 일을 하고 다녀도 각 읍이 끝내 그 자취를 모르고 도리어 분주하여 온 나라가 시끄러웠다. 전하께

---

23) 두 마리의 말이 앞뒤에서 끄는 가마로, 지체가 높은 사람이 타고 다니는 가마이다.

서 크게 화를 내어 말씀하시기를,

"이 어떠한 놈의 용맹이기에 한날에 팔도에 다니며 이같이 어지럽게 구는고? 나라를 위하여 이놈을 잡을 자가 없으니 참으로 한심하도다!"

하시니 뜰 아래 섰던 한 사람이 자리에서 나와 아뢰기를,

"신이 비록 재주 없사오나 군사 한 부대를 주시면 홍길동 대적을 잡아 전하의 근심을 덜어드리겠나이다."

하거늘 모두 보니 이는 포도대장 이업이었다. 전하께서 기특하게 여겨 잘 훈련된 병사 일천 명을 주시니 이업이 즉시 임금께 하직 인사를 드리고 그날로 출발했다. 과천을 지나서는 군사를 나누어 약속을 정하기를,

"너희는 이러이러한 곳을 지나서 아무 날 문경으로 모이라."

하고 자기는 미복(微服)[24]으로 출발했다. 며칠 뒤에 한 곳에 이르니 날이 저물어 주점에 들어 쉬고 있었다. 조금 지나서 어떤 소년이 나귀를 타고 젊은이 몇 사람을 거느리고 들어와 자리를 잡고 앉은 뒤에, 서로 성명과 거주지를 알려 인사를 나누며 이야기를 하는데 그 소년이 한숨을 쉬면서 말했다.

"천하는 임금님의 땅이요, 백성은 임금님의 신하라고 했는데 요사이 대적 홍길동이 팔도를 어지럽게 하고 민심을 요란하여 전하께서 진노하사, 팔도에 관리를 보내어 고을마다 알리고 잡아들이라 하셔도 끝내 잡지 못하니 분한 마음은 온 나라가 한가지일 것이오. 나 같은 사람도 약간의 담력이 있어 이 도적

24) 자신의 신분을 가리기 위해 관복(官服)을 입지 않고 평민의 복장을 하는 것을 말한다.

을 잡아 나라의 근심을 덜고자 하나 힘이 넉넉지 못하고 뒤를 받쳐줄 사람이 없으니 한스럽소이다."

이업이 그 서생의 모양을 보고 그 말을 들으니 진실로 의기 있는 남자였다. 마음속으로 탄복하여 그의 손을 잡고,

"장하시오, 이 말씀이여! 충의(忠義)를 겸한 사람이로다! 내 비록 변변치 못하나 죽음을 무릅쓰고 그대의 뒤를 받쳐줄 것이니 나와 함께 이 도적을 잡음이 어떠하오?"

하니 그 소년이 감사하면서,

"그대 말씀이 이러하니 이제 나와 함께 가 재주를 시험하고 홍길동이 거처하는 데를 탐지해 보시지요."

하였다. 이업이 허락하고 그 소년을 따라 깊은 산중으로 가는데 소년이 몸을 솟구쳐 층암절벽 위에 올라앉으며 말했다.

"그대가 힘을 다하여 나를 차면 그 용력을 알아보겠소."

이업이 있는 힘을 다하여 그 소년을 차니 그 소년이 몸을 돌려앉으며 말했다.

"장사로다! 이만하면 홍길동 잡기를 염려치 아니하리로다! 그 도적이 지금 이 산중에 있으니 내 먼저 들어가 탐지하고 오겠소. 그대는 이곳에서 내가 돌아오기를 기다리시오."

이업이 대답하고 그곳에 앉아 기다리니 한참 지나서 모습이 기이한 군사 수십 명이 다 황건(黃巾)[25]을 쓰고 달려오며 소리치기를,

"네가 포도대장 이업이냐? 우리는 염라대왕의 명을 받아 너

---

25) 머리에 쓰는 누런 천으로 만든 수건으로서, 저승사자를 상징하는 두건이다.

를 잡으러 왔노라."
하고 한꺼번에 달려들어 쇠사슬로 묶어 갔다. 이업이 정신이 달아나 이승인지 저승인지 모르고 가더니, 순식간에 한 곳에 이르러 궁궐 같은 커다란 기와집이 나타났다. 이업을 잡아 뜰 아래 꿇리더니 마루 위에서 꾸짖는 소리가 들렸다.

"네 감히 활빈당 장수 홍길동을 쉬이 보고 잡겠다고 큰소리 쳤느냐? 홍 장군이 하늘의 명을 받아 팔도에 다니며 탐관오리와 비리를 저지른 놈의 재물을 빼앗아 불쌍한 백성을 구제하거늘 너희놈이 나라를 속이고 임금에게 무고하여 옳은 사람들을 해하고자 하니, 염라국에서 너 같은 간사한 무리를 잡아다가 다른 사람을 경계코자 하시니 원망하지 말라."

말이 끝나자 황건역사(黃巾力士)[26]에게 명하기를,

"이업을 잡아 풍도지옥(風塗地獄)[27]에 보내 영원히 세상에 나오지 못하게 하라."
하니 이업이 머리를 땅에 부딪치며 사죄하기를,

"홍 장군이 각 읍을 어지럽게 하여 민심을 요란하게 하시매 전하께서 진노하시기로 신하 된 도리에 앉아 있지 못하여 잡겠다 하고 명을 받들고 나왔사오니 인간의 무죄한 목숨을 살려주시옵소서."
하고 무수히 애걸하니 주위 사람과 마루 위에서 그 거동을 보

---

26) 저승에서 염라대왕의 명을 받아 심부름하는 군사인데 누런 수건을 머리에 쓰고 있다고 한다.

27) 불교에서 말하는 지옥의 하나로서, 생전에 아주 못된 죄를 지은 사람을 가두는 곳이라고 한다.

고 크게 웃으며 군사를 시켜 이업을 풀어주고 마루 위로 올라와 앉게 하더니 술을 권하며,

"그대는 머리를 들어 나를 보라. 나는 주점에서 만났던 사람이요, 그 사람은 바로 홍길동이라. 그대 같은 사람은 수만 명이라도 나를 잡지 못할 것이오. 내가 그대를 유인하여 이리 온 것은 우리 위엄을 보이려 함이요, 앞으로 그대처럼 주제넘은 사람이 있으면 그대로 하여금 말리게 함이로다."

하고 또 두어 사람을 잡아들여 뜰 아래 꿇리고 꾸짖기를,

"너희도 모조리 목을 벨 것이로되, 이업을 살려 돌려보내기에 함께 풀어주나니 돌아가 앞으로는 다시 홍 장군 잡을 생각을 하지 말라."

하니 이업이 그제야 인간 세상인 줄 아나 부끄러워 아무 말도 못 하고 머리를 숙여 말이 없었다. 한참을 앉아서 잠깐 졸다 깨어보니 손발을 움직일 수 없고 아무것도 볼 수가 없었다. 죽을 힘을 다해 벗어나 보니 가죽 부대 안에 들어 있었다. 그 앞에 또 가죽 부대 둘이 매달렸기에 끌러보니 어젯밤에 함께 잡혀갔던 사람이었는데 전에 문경으로 보낸 군사였다. 이업이 어이없어 웃으며 묻기를,

"나는 어떠한 소년에게 속아 이러이러하였거니와 너희는 어떤 까닭으로 이리 되었느냐?"

하니 그 군사들도 서로 웃으며,

"소인들이 주점에서 자고 있었는데 어찌하여 이곳에 이른 줄 알지 못하나이다."

하고 사면을 살펴보니 서울 북악산이었다. 이업이 그들을 보고,

"허망한 일이로다! 삼가 말을 입 밖에 내지 말라."
하고 당부했다.

이때 길동의 수단이 신출귀몰하여 팔도에 횡행했으나 알 사람이 없었다. 고을 원의 죄상을 적발하고 암행어사로 출도하여 먼저 일을 처리하고 나서 임금께 보고를 올리며, 각 고을에서 올리는 뇌물을 낱낱이 탈취하니 장안의 관리들이 괴로워 견딜 수 없었다. 때로는 초헌(軺軒)[28]을 타고 장안 대로를 왕래하며 일을 벌이니 관리와 백성들이 서로 의아하게 생각하고 괴이한 일이 많아 온 나라가 어지러웠다. 임금이 크게 근심하고 있는데 우승상이 아뢰었다.

"신이 듣자오니 도적 홍길동은 전 승상 홍 아무개의 서자라 하오니 이제 홍 아무개를 가두시고, 길동의 형 이조판서 길현을 경상감사로 보내어 날을 정해 주고 그 서제 길동을 잡아 바치라 하면, 제아무리 불충하고 무도한 놈이나 그 부형의 낯을 보아 스스로 잡힐까 하나이다."

임금이 이 말을 들으시고 즉시 홍 아무개를 의금부에 가두라 하시고 길현을 불러들였다. 이때 홍 승상은 길동이 한번 떠난 후로 소식이 없어 거처를 모르며 장차 무슨 일이 있을까 염려하더니, 천만뜻밖에 길동이 나라 도적이 되어 이렇듯 어지럽게 하니 놀란 마음에 어찌할 줄 몰랐다. 이 사실을 미리 나라에 알리기도 어렵고 모르는 체 앉아 있기도 어려워, 그 생각에 병이 되어 자리에 누워 일어나지 못했다. 장자 길현이 이조판서로

---

28) 조선 시대에 종2품 이상의 벼슬아치가 타던 수레이다.

있었는데 부친의 병세가 위중하게 되자 휴가를 청하여 집에 돌아와 허리띠를 풀지 않고 곁에서 모셨다. 그러느라고 조회에도 나아가지 아니한 지 한 달이 넘어서 조정의 형편을 알지 못하고 있었는데, 문득 법관이 나와 조정의 명을 전하고 승상을 감옥에 가두고 판서를 부르니 온 집안이 놀라 정신이 없었다. 판서가 대궐에 나아가 죄를 기다리니 임금이 말씀하시었다.

"그대의 서제 길동이 나라의 도적이 되어 지은 죄가 이 같으니 그 죄를 의논하면 마땅히 함께 죄를 줄 것이로되 우선 용서하나니, 이제 경상도에 내려가 길동을 잡아 홍씨의 멸문지화(滅門之禍)[29]를 면하게 하라."

길현이 땅에 엎디어 아뢰기를,

"천한 동생이 일찍 사람을 죽이고 도망하여 나갔사오매 종적을 모르옵더니 이렇듯 큰 죄를 지으니 신의 죄는 목을 베어 마땅하오나, 신의 아비는 나이 팔십에 천한 자식이 도적이 되었사오매 이 때문에 병이 되어 죽을 지경에 이르렀사오니, 엎드려 바라건대 전하께서는 하해(河海) 같은 은덕을 내리사 신의 아비로 하여금 집에 돌아가 병을 조리하게 하시면 신이 내려가서 서제 길동을 잡아 바치겠나이다."

하니 임금이 그 효성에 감동하사 홍 아무개는 집으로 보내 병을 조리하게 하시고, 길현에게는 경상감사를 제수하사 기한을 정하여 주셨다. 길현이 임금의 은혜를 사례하고 경상도에 내려와 각 읍에 관리를 보내고 방방곡곡에 방문(榜文)을 붙여 길동

---

29) 큰 죄를 지어 그 벌로 온 집안이 망하게 되는 재앙을 뜻한다.

을 찾으니 그 방문은 이러했다.

사람이 하늘과 땅 사이에 나매 오륜이 있으니 오륜 중에 군부(君父)가 으뜸이라. 사람 되고 오륜을 버리면 사람이 아니라 하나니, 이제 너는 지혜와 식견이 보통 사람보다 더하되 이를 모르니 어찌 애달프지 아니하리오? 우리 대대로 국은을 입어 자자손손이 녹을 받으니 망극한 마음으로 충성을 다해 나라 은혜를 갚아오다가 우리에게 이르러서 너로 말미암아 역적의 이름을 쓰게 되어 장차 어느 지경에 미칠 줄 모르게 되니 어찌 한심하다 할 뿐이랴. 난신(亂臣)과 적자(賊子)[30]가 어느 시대에 없으리오마는 우리 가문에서 날 줄은 진실로 뜻하지 못했도다. 너의 죄목을 보시고 전하께서 진노하시니 마땅히 극형을 행하실 것이로되 갈수록 성은이 망극하사 죄를 더하지 아니하시고 나를 명하사 너를 잡으라 하옵시니 망극한 마음 도리어 황공하며, 팔십 노친이 늘그막에 너로 하여금 주야(晝夜) 우려하시던 중에 네 이렇듯 변괴를 지어 나라에 죄를 얻으니 놀라신 마음에 병이 되어 이제 눕고 장차 일어나지 못하게 되셨느니라. 부친이 만일 너로 인하여 세상을 버리시면 네 살아서도 역적의 이름을 입고, 죽어 지하에 간들 천추만대에 불충불효한 죄를 남길 것이니 남은 우리 가문이 원통치 아니하랴? 네 어찌 넉넉한 소견으로 이를 생각지 못하느냐? 네 이 죄명을 가지고 세상에 산다면 사람은 비록 용서하더라도 밝으신 하늘의 벌이야 사정이 있으

30) 각각 '나라를 어지럽히는 신하'와 '부모의 명을 거역하는 자식'을 말한다.

랴. 이제 마땅히 천명을 순순히 받아 조정의 처분을 기다릴 밖에 또 무슨 수가 있겠느냐? 네 일찍 돌아오기를 바라노라.

감사가 도임 후에 공사를 폐하고 전하의 근심과 부친의 병세를 염려하여 수심으로 날을 보내며 행여 길동이 올까 바랐는데 하루는 하인이 아뢰기를,

"어떠한 소년이 밖에 와 뵙자고 하옵니다."

하기에 즉시 맞아들이니 그 사람이 섬돌 위에 엎드려 죄를 청하는지라 괴이히 여겨 그 연고를 물으니 대답하기를,

"형님은 어찌 소제(小弟) 길동을 모르시나이까?"

했다. 감사가 놀라고 기뻐서 나가 길동의 손을 잡아끌고 방에 들어와 주위 사람을 내보내고 한숨지으며 말하기를,

"이 생각 없는 아이야. 네가 어려서 집을 떠난 후에 이제야 만나니 반가운 마음이 도리어 슬프도다! 네 그러한 풍채와 재주로 어찌 이렇듯 불측한 일을 즐겨 하여 부모의 은혜를 저버리느냐? 시골의 어리석은 백성들도 임금에게 충성하고 아비에게 효도할 줄 아는데, 너는 성정이 총명하고 재주 높아 보통 사람과 크게 다르니 마땅히 더욱 충효를 숭상할 사람인데, 몸을 그른 데 버려 충효에 있어서는 보통 사람보다 못하니 어찌 한심치 아니하리오? 부모님께서는 이런 총명한 자제를 두었다 하여 마음으로 기뻐하고 있었는데 도리어 부모님께 근심을 끼치느냐? 네 이제 충성을 다하다가 목숨을 버려도 부모님은 슬픈 마음이 있을 텐데 하물며 역적의 이름을 쓰고 죽게 되니 부모님의 마음이야 다시 어떠하랴! 국법이 사정이 없으니 아무리

구하고자 하여도 어찌할 수가 없고 서러워한들 무슨 소용이 있으랴. 너는 부모님의 낯을 보아 죽기를 작정하고 왔으나 나는 두렵고 슬픈 마음이 너 아니 본 때보다 더하구나! 너는 네 지은 죄니 하늘과 사람을 원망치 못하여도 부친과 나는 목전의 너를 죽이는 일로 운명을 탓할 뿐이라. 네 어찌 이를 깨닫지 못하고 이렇듯 주제넘은 죄를 지었느냐? 천년을 돌이켜보아도 이별의 한이 오늘 밤에 비할 데 없으리라!"
하니 길동이 눈물을 흘리고 울며 아뢰기를,

"이 불초한 동생 길동이 본래 부모님의 훈계를 듣지 않고자 함이 아니오라, 팔자 기박하여 천생 됨을 평생 한으로 여기다가 집안에 시기하는 사람을 피하여 정처 없이 다니던 중 뜻밖에 몸이 적당(賊黨)에 빠져 잠시 생활을 하였더니 죄명(罪名)이 이에 미치었사옵니다. 내일 저를 잡았다는 사실을 임금께 보고드리고 저를 결박하여 나라에 바치옵소서."
하며 서로 이야기하면서 밤을 새웠다. 날이 밝자 감사가 길동을 쇠사슬로 결박하여 보낼새 슬퍼 얼굴색이 변하면서 하염없이 눈물을 흘렸다.

이때 팔도에서 다 각기 길동을 잡았다는 보고를 나라에 올리니, 사람마다 의아하게 생각하고 구경하는 사람이 길에 가득 차 그 수를 알지 못했다. 전하께서 친히 나오셔서 여덟 길동을 심문하실 때 여덟 길동이 서로 다투어 말하기를,

"네가 무슨 길동이냐, 내가 참 길동이로다."
하고 서로 팔을 걷어붙이며 한데 어우러져 뒹구니 도리어 한바탕 구경거리였다. 조정의 모든 신하와 좌우 장수들이 그 진위

(眞僞)를 알지 못했다. 여러 신하들이 아뢰기를,

"자식을 아는 일에는 아비만 한 자가 없다 하오니 이제 홍 아무개를 불러 그 서자 길동을 알아보라 하옵소서."

하니 임금이 옳게 여기사 즉시 홍 아무개를 부르시니 승상이 왕명을 받고 들어와 엎드리니 임금이 이르시기를,

"경이 일찍이 길동이란 아들 하나를 두었다 하더니 이제 여덟이 되었으니 어떠한 연고인지 자세히 가리어 이 형부(刑部)[31]를 혼란스럽게 하지 말도록 하라."

하시니 승상이 울며 아뢰기를,

"신이 행실을 바로 하지 못하여 천한 첩을 가까이 한 죄로 천한 자식을 두어 전하의 근심이 되옵고 조정을 어지럽히오니 신의 죄 만 번 죽어도 마땅하오이다."

하며 눈물을 흘리며 길동을 꾸짖기를,

"네 아무리 불충불효한 놈이라도 위로는 임금님이 앉아 계시고 그 아래로 아비 있거늘 그 앞에서 임금님과 아비를 놀리니 불측한 죄 더욱 큰지라. 빨리 형벌을 받아 천명을 고이 받도록 하라. 만일 그렇지 아니하면 네 눈앞에서 내가 먼저 죽어 임금님의 진노하시는 마음을 만분지일이라도 덜리라."

하고는 아뢰기를,

"신의 천한 자식 길동은 왼편 다리에 붉은 점 일곱이 있사오니 이를 증거로 적발하시옵소서."

하니 여덟 길동이 일시에 다리를 걷고 일곱 점을 서로 자랑했

31) 형조. 조선 시대에 죄인을 심문하여 벌을 정하는 곳이었다.

다. 승상이 그 진위를 가리지 못하고 두려운 마음을 이기지 못하여 기절하거늘 임금이 놀라사 급히 좌우 신하를 명하여 구원하시되 회생할 길이 없더니, 여덟 길동이 자기 주머니에서 대추 같은 환약 두 개씩을 내어 서로 다투어 승상의 입에 넣으니 한참 뒤에 회생했다. 여덟 길동이 울며 아뢰었다.

"저의 팔자 무상하여 홍 아무개 천비의 배를 빌려 태어났사오나 아비와 형을 마음대로 부르지 못하옵고, 아울러 집안에 시기하는 자가 있어 목숨을 보전할 길이 없사와 산속에 들어가 초목과 함께 늙자 하였으나 하늘이 밉게 여기사 적당에 빠졌사옵니다. 하오나 일찍이 백성의 재물은 추호도 취한 바 없고, 수령의 뇌물과 불의한 놈의 재물을 앗아 먹고 간혹 나라 곡식을 도적하였사오나, 군부가 일체이오니 자식이 아버지의 것을 먹기로 도적이라 하오리까? 어린 자식이 어미젖을 먹는 일과 같사옵니다. 이는 도무지 조정 소인이 임금님의 총명을 가려 모함한 죄요, 신의 죄는 아니로소이다."

상이 진노하사 꾸짖으시기를,

"네가 무고한 재물은 빼앗지 아니했다 하면 합천사 중을 속이고 그 재물을 도적하고 왕릉에 불을 놓고 무기를 도적하니, 이만큼 큰 죄가 또 어디 있느냐?"

하시니 길동들이 엎드려 아뢰기를,

"불도(佛道)라 하는 것이 세상을 속이고 백성을 빠지게 하여 농사를 짓지 아니하고 백성의 곡식을 빼앗으며, 길쌈하지 아니하고 백성의 의복을 속여 입으며, 부모께 받은 머리털을 훼손하여 오랑캐 모양을 숭상하며, 군부를 버리고 세금을 내지 않으니 이보다 더한 불의가 없사옵니다. 무기를 가져간 것은 저희가 산중에 있으면서 병법을 익혔다가 난리를 당하면 전쟁터에 나아가 임금을 도와 태평을 이루고자 함이오며, 불을 놓았으나 왕릉에는 가지 않게 하였사옵니다. 신의 아비가 대대로 국록(國祿)[32]을 받자와 충성으로 나라의 은혜에 보답하여 성은을 만분지일이라도 갚지 못할까 걱정하옵는데 신이 어찌 외람되이 주제넘은 마음을 두오리까? 죄를 의논하여도 죽기에 가지는 아니할 터이온데 전하께서 조정 신하의 모함을 들으시고 이렇듯이 진노하시니, 신이 형벌을 기다리지 아니하옵고 먼저 스스로 죽사오니 노여움을 푸시옵소서."

하고 여덟 길동이 한데 어우러져 죽었다. 주위 신하가 이상히 여겨 자세히 보니 참 길동은 간데없고 초인 일곱뿐이었다. 임금이 길동의 속인 죄에 더욱 노하시고 경상감사에게 조서를 내리어 길동 잡기를 더욱 재촉하시었다.

이때 경상감사, 길동을 잡아 올리고 심회를 둘 곳이 없어 공무를 전폐하고 서울 소식을 기다리더니 문득 교지(敎旨)[33]를 내렸거늘 북쪽 대궐을 향하여 네 번 절한 후에 떼어보니 교지에 이르시기를,

> 길동을 잡지 아니하고 초인을 보내어 형부를 혼란스럽게 하니 허망한 일로 임금을 속인 죄를 면치 못할 것이다. 아직은 죄

---

32) 나라에서 다달이 주는 봉급을 뜻한다.

33) 조선 시대에 임금이 4품 이상의 관리에게 주는 사령(辭令)으로, 임금의 전지(傳旨)이다.

를 의논치 아니하나니 열흘 이내로 길동을 잡으라.

하셨는데 그 말씀이 엄하고 간절했다. 감사가 황공무지하여 사방에 알려 길동을 찾으라 했다.

하루는 마침 달밤이라 난간에 기대어 있었는데 선화당 들보 위에서 한 소년이 내려와 엎드려 절하거늘 자세히 보니 바로 길동이었다. 감사가 꾸짖어 말하기를,

"네가 갈수록 죄를 키워 구태여 화를 온 집안에 끼치고자 하느냐? 지금 나라에서 엄명이 막중하시니 너는 나를 원망하지 말고 일찍 하늘의 명을 받도록 하라."

하니 길동이 엎드려 대답하였다.

"형님은 염려치 마시고 내일 저를 잡아 보내시되 장교 중에 부모와 처자가 없는 자를 가리어 저를 잡아가게 하시면 좋은 계책이 있나이다."

감사가 그 까닭을 알고자 했으나 길동이 대답하지 않았다. 감사는 길동의 생각을 알지 못하나 데려갈 사람을 저의 말대로 골라 길동을 데리고 서울로 올라가게 했다. 조정에서 길동이 잡혀 온다는 말을 듣고 훈련도감(訓練都監)[34]의 포수 수백 명을 남대문에 매복시키고 이르기를,

"길동이 문안에 들거든 일시에 총을 놓아 잡으라."

분부했다.

---

34) 조선 시대 14대 선조 때에 실시한 오군영(五軍營)의 하나로, 임진왜란 후 오위(五衛)의 군제가 무너지면서 생겼고 수도 수비의 책임을 맡았으며 포수(砲手), 살수(殺手), 사수(射手)의 삼수군(三手軍)을 양성했다.

이때 길동이 풍우같이 잡혀 오지만 어찌 이 기미를 모르리오. 동작 나루를 건너며 '비 우(雨)' 자 셋을 써 공중에 날리고 왔다. 길동이 남대문 안에 드니 좌우의 포수들이 일시에 총을 놓았으나 총구에 물이 가득하여 하릴없이 계획을 이루지 못했다. 길동이 대궐 문밖에 다다라 자기를 잡아 온 장교를 돌아보면서 말하기를,

"너희가 나를 데리고 이곳까지 왔으니 그 죄가 죽는 데까지 미치지는 아니하리라."

하고 몸을 날려 수레에서 내려 천천히 걸어갔다. 금오군(金吾軍) 기마병이 말을 달려 길동을 쏘려고 했으나 길동은 한양으로 가는데 말을 아무리 채찍질해 본들 축지법을 어찌 당하겠는가? 성안의 백성이 그 신기한 수단을 측량할 길이 없었다. 이날 사대문에 글을 써 붙이기를,

> 홍길동의 평생소원이 병조판서이오니 전하는 하해 같은 은택을 드리우사 소신(小臣)으로 병조판서 교지를 주시면 신이 스스로 잡히오리다.

했다. 이 사연을 조정에서 의논하는데 어떤 이는,

"저의 원을 풀어주어 백성의 마음을 가라앉히자."

하고, 또 어떤 이는,

"제가 무도불충한 도적으로 나라에 아무런 공도 세우지 않았을 뿐 아니라 만민을 소동케 하고 임금께 근심을 끼쳤는데 그런 놈에게 어찌 일국의 병조판서를 주리오?"

하며 의논이 분분하여 결단치 못하고 있었다. 하루는 길동이 동대문 밖 한적한 곳에 육갑신장(六甲神將)[35]을 호령하여,

"진(陣)을 치고 싸울 준비를 하라!"

하니 이윽고 두 집사가 공중에서 내려와 엎드려 절하고 좌우에 서니 난데없는 천병만마가 어디서부터 왔는지 모르지만 일시에 진을 이루고 진중에 황금 단을 삼 층으로 쌓고 길동을 단상에 모시니, 군대의 질서가 서고 위엄이 추상같았다. 황건역사를 호령하여,

"조정에서 길동을 모함하는 자의 심복을 잡아들이라."

하니 신장이 이 명을 듣고 나가더니 한참 뒤에 십여 인을 쇠사슬로 결박하여 들이는 것이 소리개가 병아리 채오는 모양이었다. 단 아래 꿇리고 죄를 묻기를,

"너희는 조정의 좀벌레가 되어 나라를 속여 굳이 홍길동 장군을 해하고자 하니 그 죄 마땅히 목을 벨 것이로되, 인명이 불쌍하여 용서하노라."

하고 각각 군대 곤장 삼십 도씩 쳐 내치니 겨우 죽기를 면했다. 길동이 또 한 신장에게 분부하기를,

"내 몸이 조정에 있어 법을 맡았더라면 먼저 불법(佛法)을 없애고 각 도 사찰(寺刹)을 헐어버리려 했으나 이제 오래지 아니하여 조선국을 떠날 것이다. 그러나 조선은 부모의 나라라. 만리타국에 있어도 잊지 못할 것이니 이제부터 각 절에 가서 혹세무민(惑世誣民)하는 중놈을 일제히 잡아오라. 또한 재상가

35) 도사가 도술을 부릴 때 심부름을 해주는 귀신을 말한다.

의 자식이 권세를 끼고 불쌍한 백성을 속여 재물을 취하고 불의한 일을 많이 하며 마음이 교만하다. 그러하여도 궁궐이 깊어 임금님의 교화가 미치지 못하니 간신이 나라의 좀벌레가 되어 임금님의 총명을 가리어 참으로 한심한 일이 많다. 장안의 그런 무리들을 낱낱이 잡아들이라."

하니 신장이 명을 듣고 공중으로 날아가더니 한참을 지난 뒤에 중놈 백여 명과 서울 고관의 자제 십여 명을 잡아들였다. 길동이 위엄을 차리고 호령하여 죄를 묻기를,

"너희는 다시 세상을 보지 못하게 할 터이로되 내가 나라의 명을 받아 국법을 잡은 바 아니기로 우선 용서하거니와 앞으로 만일 고치지 아니하면 너희 비록 수만 리 밖에 있어도 잡아다가 목을 벨 것이다."

하고 엄한 벌을 한 차례 내리고 문밖으로 내쫓았다. 길동이 소와 양을 잡아 군사를 잘 먹이고 부대를 정비하여 잡담을 금하니 푸른 하늘에 태양은 고요하고 여덟 진영 군대에 호령이 엄숙했다. 길동이 술을 마셔 반쯤 취한 후에 칼을 잡고 춤을 추니 칼 빛이 번쩍거려 햇빛과 어우러지고 옷소매는 가볍게 공중에 휘날렸다. 날이 저물어 군대를 거두어 신장을 각각 돌려보내고 몸을 날려 활빈당 처소로 돌아왔다.

이후로 다시 길동을 잡으라는 명이 급하게 내려졌지만 종적을 찾을 수 없었다. 길동은 군을 보내어 팔도에서 장안으로 가는 뇌물을 빼앗아 먹고 불쌍한 백성이 있으면 창고 곡식을 내어 구제하니 그 신출귀몰하는 재주를 사람은 측량치 못했다. 전하께서 근심하사 탄식하기를,

"이놈의 재주는 사람의 힘으로는 잡지 못하겠구나. 민심이 이렇듯 요동하고 그 재주가 기특하니 차라리 그 재주를 취하여 조정에 두리라."

하시고 병조판서 직첩을 내어 걸고 길동을 부르시니, 길동이 초헌을 타고 하인 수십 명을 거느리고 동대문으로부터 왔다. 병조의 하인이 앞뒤로 모시어 대궐에 이르러 임금께 인사를 올리고 아뢰기를,

"천은(天恩)[36]이 망극하여 분에 넘치는 은택을 입어 병조판서 자리에 오르오니 망극하온 신의 마음이 성은을 만분지일도 갚지 못할까 황공하나이다."

하고 돌아가서 이후로는 길동이 다시 장난하는 일이 없기로 각 도에 길동 잡는 영을 거두었다.

삼 년 후에 임금이 달밤을 만나 내시를 거느리시고 달빛을 구경하시더니 하늘에서 한 신선이 오색구름을 타고 내려와 땅에 엎디었다. 임금이 놀라 이르시기를,

"귀인(貴人)이 누추한 땅에 내려와 무슨 허물을 이르고자 하나이까?"

하시니 그 사람이 아뢰었다.

"소신은 전 병조판서 홍길동이로소이다."

상이 놀라사 길동의 손을 잡으시고 이르시기를,

"그대, 그동안 어디를 갔었느냐?"

하시니 길동이 아뢰기를,

---

36) 임금의 은혜를 뜻한다.

"산중에 있다가 이제 조선을 떠나 다시 전하를 뵈올 날이 없겠기에 하직 인사를 드리고자 왔사옵니다. 전하께서 넓으신 덕택으로 쌀 삼천 석만 주시면 수천 인명이 살아나겠사오니 성은을 바라나이다."

하니 상이 허락하시고 말하였다.

"네 고개를 들라. 얼굴을 보고자 하노라."

길동이 얼굴을 들고 눈은 뜨지 아니하고 아뢰기를,

"신이 눈을 뜨오면 놀라실까 하여 뜨지 아니하나이다."

하고 한참 있다가 구름을 타고 가며 하직하기를,

"전하의 덕택에 쌀 삼천 석을 주시니 성은이 갈수록 망극하옵니다. 쌀을 내일 서강으로 실어다 주옵소서."

하고 가니 임금이 공중을 향하여 한참을 바라보시며 길동의 재주를 못내 아까워하시고 이튿날 쌀을 맡은 관리에게 명하시기를,

"쌀 삼천 석을 서강으로 실어다 주어라."

하시니 신하가 그 연고를 알지 못했다. 쌀을 서강으로 실어갔더니 강가로 배 두 척이 떠오더니 쌀 삼천 석을 배에 싣고 갔다. 길동은 대궐을 향하여 네 번 절하고 가는데 어디로 가는지 알 수 없었다.

이날 길동이 삼천 적군을 거느려 망망대해로 떠나서 성도라 하는 섬에 이르러 창고를 짓고 궁궐을 지어 자리를 잡았다. 군사로 하여금 농업을 힘쓰게 하고, 각국을 다니며 물자를 무역하며, 무예를 숭상하여 병법을 가르치니 삼 년 안에 무기와 군량이 산처럼 쌓이고 군대가 강하여 당할 자 없었다.

하루는 길동이 모든 군사들에게 분부하기를,

"내 망당산에 들어가 화살촉에 바를 약을 캐어 오겠다."

하고 떠나 낙천현에 이르렀다. 그 땅에 만석꾼 부자가 있는데 성명은 백용이었다. 아들은 없고 일찍 딸 하나를 두었는데 덕과 용모를 갖추어 세상에 비할 데 없었다. 고서(古書)를 섭렵하여 이백과 두보의 문장을 가졌으며 외모는 장강(莊姜)[37]을 비웃고, 행실은 태사(太姒)[38]를 본받아 말과 행동에 절도가 있었다. 그 부모가 극히 사랑하여 아름다운 사위를 구하더니, 나이 십팔 세에 당하여 하루는 비바람이 크게 일어 지척을 분간치 못하게 하고 천둥과 벼락이 진동하더니 백 소저가 간 곳이 없었다. 백용의 부부가 놀라고 정신이 없어 천금을 흩어 사방으로 찾아도 종적이 없었다. 백용이 실성한 사람이 되어 거리로 다니며 방을 붙였는데, 그 내용은 이러하였다.

아무라도 내 딸의 거처를 알아 가르쳐주면 사위를 삼고 재산의 반을 나누어줄 것이다.

이때 길동이 망당산에 들어가 약을 캐다가 날이 저문 후에 방황하며 갈 곳을 알지 못하고 있는데 문득 한 곳을 바라보니 불빛이 비치며 여러 사람의 두런거리는 소리가 들리기에 반겨 그곳으로 찾아가니 수백 무리 모여 뛰놀며 즐기고 있었다. 자

37) 중국 춘추시대 위장공의 부인으로 외모가 빼어난 미인이었다.

38) 중국 주나라 문왕의 부인이며 무왕의 어머니로서 뛰어난 덕행이 있었다고 전해진다.

세히 보니 사람은 아니요, 짐승이로되 모양은 사람 같았다. 마음속으로 의아하게 생각하여 몸을 숨기고 그 거동을 살피니 이 짐승은 을동이라 하는 것이었다. 길동이 가만히 활을 잡아 그 윗자리에 앉은 장수를 쏘니 바로 가슴에 맞았다. 을동이 놀라 크게 소리를 지르고 달아나기에 길동이 뒤쫓아 잡고자 하다가 밤이 깊었기에 소나무를 의지하여 밤을 지냈다. 이튿날 날이 밝을 때 살펴보니 그 짐승이 피를 흘렸거늘 피 흔적을 따라 몇 리를 들어가니 큰 집이 있는데 매우 웅장했다. 문을 두드리니 군사가 나와 길동을 보고 말하기를,

"그대는 어떠한 사람이기에 이곳에 왔느뇨?"

하니 길동이 대답하기를,

"나는 조선국 사람으로 이 산중에 약을 캐러 왔다가 길을 잃고 이곳에 왔노라."

하니 그 짐승이 반기는 빛을 보이며 말하기를,

"그대가 의술을 아느냐? 우리 대왕이 새로 미인을 얻고 어제 잔치하며 즐기는데 난데없는 화살이 날아와 우리 대왕의 가슴을 맞혀 지금 사경(死境)에 이르렀는지라. 오늘 다행히 그대를 만났으니 만일 의술을 알거든 우리 대왕의 병세를 회복케 하라."

하자 길동이 대답하였다.

"내 비록 편작(扁鵲)[39]의 재주는 없지만 웬만한 병은 걱정을 하지 않노라."

---

39) 중국 춘추전국 때의 이름난 의사였는데 고치지 못하는 병이 없었다고 한다.

하니 그 군사가 크게 기뻐하여 안으로 들어가더니 한참 만에 들어오라 했다. 길동이 들어가 앉으니 그 장수가 신음하며 말하였다.

"내 목숨이 위태하게 되었더니 천우신조(天佑神助)로 선생을 만나니 신통한 약을 가르쳐 잔명을 구제하옵소서."

길동이 그 상처를 살피고 말하기를,

"이는 어렵지 아니한 병이라. 내게 좋은 약이 있으니 한번 먹으면 상처만 치료할 뿐 아니라 온갖 병이 씻은 듯이 낫고 길이 죽지 않을 것이오."

하니 을동이 크게 기뻐하며 말하였다.

"내가 스스로 몸을 삼가지 못하여 내 스스로 얻은 병으로 황천에 돌아가게 되었더니 천우신조로 명의를 만났사오니 선생은 급히 좋은 약을 시험하소서."

길동이 주머니를 열고 약 한 봉지를 내어 술에 타주니 그 짐승이 받아 마시더니 한참 만에 몸을 뒤치며 소리를 크게 질러 말하기를,

"내가 너와 원수진 일이 없는데 무슨 일로 나를 해하여 죽이려 하느냐?"

하며 제 동생들을 불러 말하기를,

"천만뜻밖에 못된 놈을 만나 명을 끊게 되니 너희는 이놈을 놓치지 말고 나의 원수를 갚으라."

하고 죽으니 모든 을동이 한꺼번에 칼을 들고 내달아 꾸짖기를,

"내 형을 무슨 죄로 죽이느냐? 내 칼을 받아라."

하거늘 길동이 비웃으며 말하기를,

"제 명이 그뿐이지, 내 어찌 죽였으리오?"
하였다. 을동이 크게 노하여 칼을 들어 길동을 치려 하거늘 길동이 대적코자 하나 손에 조그마한 칼도 없어 형편이 위급하매 몸을 날려 공중으로 달아났다. 을동이 본디 수만 년 묵은 요귀라 바람과 구름을 부리고 조화가 무궁한지라 무수한 요괴들이 바람을 타고 올라왔다. 길동이 하릴없어 육정육갑(六丁六甲)[40]을 부르니 문득 공중에서 무수한 신장이 내려와 모든 을동을 결박하여 땅에 꿇렸다. 길동이 그놈들이 가진 칼을 앗아 무수한 을동을 다 베고 바로 들어가 여자 셋을 죽이려 하니 그 여자들이 울며 말하였다.

"저희는 요귀가 아닙니다. 불행하게 요귀에게 잡혀 와 죽으려고 했지만 틈을 얻지 못해 죽지 못하였나이다."

길동이 그 여자의 성명을 물으니 하나는 낙천현 백용의 딸이요, 또 두 여자는 정과 통 두 사람의 딸이었다. 길동이 세 여자를 데리고 돌아와 백용을 찾아 이 일을 이야기하니 백용이 평생 사랑하던 딸을 찾은 기쁨에 겨워 천금을 써서 잔치를 벌였다. 고향 친척을 불러 홍생으로 사위를 삼으니 사람마다 칭찬하는 소리가 진동했다. 또 정과 통 두 사람이 홍생을 청하여 말하기를,

"은혜를 갚을 길이 없으니 우리 모두 딸을 소실로 드리나이다."
했다. 길동이 나이 이십이 되도록 남녀의 즐거움을 모르다가

---

40) 둔갑술을 할 때에 부르는 신장(神將)의 이름이다.

하루아침에 세 부인을 얻어 가까이하니 두터운 은정이 비할 데 없었다. 백용 부부도 사랑함을 이기지 못했다. 길동이 세 부인과 백용 부부와 일가친척을 다 거느리고 제도로 들어가니 모든 군사들이 강가에 나와 맞아 먼 길에 평안히 다녀오심을 위로하고 호위하여 제도에 들어가 잔치를 벌여 즐기었다.

세월이 흘러 제도에 들어온 지 거의 삼 년이 지났다. 하루는 길동이 달빛을 사랑하여 달 아래 배회하다가 문득 천문을 살펴 그 부친이 돌아가실 줄 알고 한참을 통곡하니 백씨가 물었다.

"낭군이 평생 슬퍼하지 않더니 오늘은 무슨 일로 눈물을 흘리시나이까?"

길동이 탄식하고 대답하였다.

"나는 천지간 불효자입니다. 나는 본디 이곳 사람이 아니라 조선국 홍 승상의 천첩 소생이라, 집안의 천대가 심하고 조정에도 참여치 못하니 대장부 울분을 참지 못하여 부모를 하직하고 이곳에 와 은신하고 있는 것이오. 그동안 부모의 안부를 염려하고 있었는데 오늘 천문을 살펴보니 부친이 오래지 않아 세상을 이별하실 듯합니다. 내 몸이 만리 밖에 있어 미처 찾아가지 못할 것이니 생전에 부친을 뵙지 못하는 것을 슬퍼합니다."

백씨가 듣고 내심으로 탄복하기를,

'그 근본을 감추지 아니하니 대장부로다!'

하고 재삼 위로했다.

이때 길동이 군사를 거느리고 일봉산에 들어가 산기운을 살펴 명당을 정하고 날을 가려 무덤을 만들기 시작하여 좌우 언덕과 봉분(封墳)을 왕릉과 같이 하고 돌아와 모든 군사를 불러

당부하기를,

"모월 모일에 큰 배 한 척을 준비하여 조선 서강에 와 기다리면 부모를 모셔올 것이니 미리 알아 준비하라."

하니 모든 군사들이 명을 듣고 물러가 거행했다. 이날 길동이 백씨와 정과 통 두 부인을 하직하고 작은 배 한 척을 재촉하여 조선으로 향해 떠났다.

이때 승상의 나이 구십이 가까웠는데 갑자기 병을 얻어 구월 보름에 더욱 위중했다. 부인과 장자 길현을 불러 말하기를,

"내 나이 이제 구십이라 이제 죽은들 무슨 한이 있으리오마는, 길동이 비록 천첩 소생이나 또한 나의 핏줄이라. 한번 문밖을 나가더니 살았는지 죽었는지 알지 못하고 임종에도 만나지 못하니 어찌 슬프지 아니하겠느냐? 나 죽은 후라도 길동의 어미를 잘 대접하여 편안케 해주어라. 부디 뒷날을 생각하여 길동이 들어오거든 천비 소생으로 알지 말고 동복형제(同腹兄弟) 같이 대하여 부모의 유언을 저버리지 말아라."

하시고 길동의 어미를 불러 가까이 앉으라 하여 손을 잡고 눈물을 흘리며,

"길동이 나간 후에 소식이 끊겨 생사를 모르니 내 마음에도 보고 싶은 마음이 이처럼 간절한데 네 마음이야 더욱 어떠하겠느냐? 길동은 보통 사람이 아니니 살아 있으면 너를 저버릴 리 없으리라. 부디 몸을 가볍게 버리지 말고 보존하여 잘 지내라. 내 황천에 돌아가도 눈을 감지 못할 것이다."

하시고 별세하니 부인이 기절하고 주위 사람이 다 애통하여 울음소리가 진동했다. 길현이 슬픈 마음을 억제치 못하여 눈물이

비 오듯 하며 부인을 붙들어 위로하여 진정하신 후에 초상 예절을 극진히 차렸다. 길동의 어미는 더욱 애통하니 그 정상(情狀)[41]이 딱하여 차마 보지 못했다. 울기를 그치고 명산을 구하여 안장하려 하고 각처에 사람을 보내 지관(地官)을 데리고 산지를 사방으로 찾았으나 마땅한 곳이 없어 근심하고 있었다. 이때 길동이 서강에 다다라 배에서 내려 승상 댁에 이르러 곧장 승상 빈소로 들어가 엎드려 통곡하는데 상주가 자세히 보니 바로 길동이었다. 함께 대성통곡한 후에 길동을 데리고 내당으로 들어가 부인께 고하니 부인이 놀라고 기뻐하여 길동의 손을 잡고 눈물을 흘리며,

"네가 어려서 집을 떠나 이제야 들어오니 지난 일을 생각하면 도리어 부끄럽구나. 너는 그 사이 삼사 년이나 종적을 아주 끊고 어디로 갔었더냐? 대감이 임종 때 말씀이 이러이러하시고 너를 잊지 못하고 돌아가시니 어찌 서럽지 아니하냐?"

하시고 그 어미를 부르니 그 어미 길동이 온 줄 알고 급히 들어와 모자 서로 대하니 흐르는 눈물을 금치 못했다. 길동이 부인과 그 모친을 위로한 후 그 형을 보고,

"제가 그간은 산중에 숨어 살며 지리를 공부하여 대감의 묘지를 정한 곳이 있사옵니다. 혹시 어디 정해 두신 데라도 있는지요?"

하니 그 형이 이 말을 듣고 더욱 반겨 아직 정하지 못했다고 말했다. 여러 사람이 모여 밤이 새도록 회포를 풀고 이튿날 길동

---

41) 딱하거나 가엾은 상태를 뜻한다.

이 형을 모시고 한 곳에 이르러 말하기를,

"이곳이 제가 정한 땅입니다."

하기에 길현이 사면을 살펴보니 겹겹이 돌무더기가 쌓여 험악하고 줄줄이 옛 무덤이 늘어져 있었다. 마음속으로 못마땅하여 말하기를,

"아우의 높은 소견을 알지 못하지만 내 마음은 이곳에 모실 생각이 없으니 다른 땅을 골라보도록 하라."

하니 길동이 짐짓 탄식하며,

"이 땅이 비록 이러하오나 대대로 장수와 재상이 날 땅이온데 형님의 뜻에 마땅치 않으니 딱한 일이군요."

하고 도끼를 들어 몇 자를 파보니 오색 기운이 일며 청학 한 쌍이 날아갔다. 그 형이 이 모양을 보고 크게 뉘우쳐 길동의 손을 잡고 말했다.

"어리석은 형의 소견 때문에 참으로 좋은 묘지를 잃었으니 어찌 애달프지 아니하냐? 또 다른 땅은 없겠느냐?"

"이제 한 곳이 있지만 길이 수천 리나 되어 그것이 걱정됩니다."

"이제 수만 리라도 부모의 백골이 평안할 곳이 있으면 멀고 가깝고를 따지지 않겠네."

길동이 형과 함께 집에 돌아와 그 말씀을 여쭈었더니 부인이 못내 애석하게 생각했다. 날을 정하여 대감의 영구(靈柩)[42]를 모시고 섬으로 떠나면서 길동이 부인께 아뢰기를,

42) 죽은 사람의 시신을 모신 관(棺)을 뜻한다.

"소자가 돌아와 모자지정을 다 펴지 못하고 가옵니다. 이제 가오면 대감 빈소에 아침저녁 제사를 올리기 어려우실 것이니 이번에 제 어머니를 모시고 가서 저희가 이를 행하는 것이 어떨까 하옵니다."

하니 부인이 허락하셨다. 그날 출발하여 서강에 다다르니 여러 군사들이 큰 배 한 척을 대어놓고 기다리고 있었다. 영구를 배에 모신 후에 짐꾼들을 다 돌려보내고 그 형과 어미를 모셔 만경창파(萬頃蒼波)[43]로 떠나가니 가는 곳을 알 수 없었다.

며칠 뒤에 섬에 이르러 영구를 대청에 모시고 날을 가리어 일봉산에 올라 장례를 치르는데 묘지를 만드는 모양이 왕릉과 같았다. 그 형이 너무 지나침을 놀라니 길동이 말했다.

"형님은 의아하게 생각지 마십시오. 이곳은 조선 사람이 출입하는 곳이 아닙니다. 자식 되는 사람이 부모를 후히 장례한다고 죄 될 것이 없습니다."

안장을 마친 뒤에 섬으로 돌아와 몇 달을 머물다가 그 형이 고향으로 돌아가고자 했다. 길동이 길 떠날 차비를 차리고 이별을 고하여 말하기를,

"형님을 다시 볼 날이 아득합니다. 제 어머니는 이미 이곳에 왔사오니 모자정리에 차마 떠나보내지 못하겠습니다. 형님은 대감을 생전에 모셨사오니 여한이 없을 테니 돌아가신 뒤의 제사는 제가 받들어 불효한 죄를 만분지일이나마 줄일까 합니다."

43) 만 이랑의 푸른 물결이라는 뜻으로 한없이 넓은 바다를 이르는 말.

하고 함께 산소에 올라가 하직 인사를 올리고 내려와 길동의 어미와 백씨를 이별하는데 서로 다시 만나자고 당부하면서 못내 섭섭해했다. 작은 배 한 척을 재촉하여 고국으로 떠나면서 길동의 손을 잡고,

"슬프다! 이별이 오래될 것이니 아우는 나의 사정을 살펴 생전에 대감 산소를 다시 보게 하라."

하며 하염없는 눈물이 옷깃을 적시니 길동이 또한 눈물지으며,

"형님은 고국에 돌아가 어머님을 모시고 만세무강하십시오. 다시 만날 기약을 정하지 못하겠습니다. 남북 수천 리에 헤어져 있어 정답게 이불을 같이 덮고 잘 수도 없고, 오고 갈 길이 험하고 멀어 북으로 가는 기러기를 탄식하며 등으로 흐르는 물을 바라볼 따름입니다. 이별을 당하여 그 마음은 피차 한가지일 것이니, 아무리 철석간장인들 어찌 차마 견딜 수 있겠습니까?"

하며 두 줄기 눈물이 말소리를 따라 떨어지니 실로 슬픔이 가득한 말이었다. 강물이 소리를 그치고 가던 구름이 머무는 듯하여 차마 서로 떠나지 못했다. 마지못하며 서로 위로하고 배를 띄워 몇 달 만에 고국에 돌아와 어머니께 인사를 드리고 묘지 이야기며 그간의 일들을 갖추어 이야기하니 그 어머니도 못내 애석해하셨다.

길동이 형을 이별한 후에 군사들을 권하여 농업을 힘쓰게 하고, 군대를 훈련하면서 삼년상을 마치니 양식이 넉넉하고 수만 군졸의 무예와 말 타고 달리는 재주가 천하에 최강이었다. 근처에 한 나라가 있었는데 그 이름은 율도국이었다. 중국을 섬

기지 아니하고 수십 대를 대대로 이어오면서 덕화(德化)를 베푸니 나라가 태평하고 백성이 넉넉했다. 길동이 군사들과 의논하기를,

"우리 어찌 이 섬나라만 지켜 세월을 보내겠는가? 이제 율도국을 치고자 하니 각자의 소견에 어떠한가?"

하니 모든 사람이 즐겨 원하지 않는 사람이 없었다. 즉시 날을 정하여 출병하는데 세 호걸로 선봉장을 삼고 김인수로 후장군(後將軍)을 삼았다. 길동은 스스로 대원수가 되어 중군을 총지휘하는데 기마병이 오천이요, 보병이 이만이었다. 징 소리, 북소리, 함성 소리에 천지가 진동하고 깃발과 창칼은 하늘을 뒤덮었다. 군사를 재촉하여 율도국으로 향하니 당할 수가 없어 몰려나와 문을 열고 항복했다. 몇 달 사이에 칠십여 성을 정복하니 위엄이 온 나라에 진동했다. 도성 오십 리 밖에 진을 치고 율도왕에게 격서를 전했다.

의병장 홍길동은 삼가 글월을 율도왕에게 드리노라. 나라는 한 사람이 오래 지키지 못하는 것이다. 이런 까닭에 은나라 탕왕은 하나라 걸왕을 쳤고, 주나라 무왕은 은나라 주왕을 내쳤다. 이는 다 백성을 위하여 난세를 평정한 것이었다. 이제 내가 의병 이십만을 거느려 칠십여 성을 항복받고 이에 이르렀으니 왕은 대세를 당하겠거든 자웅을 가릴 것이요, 힘이 달리거든 일찍 항복하여 천명을 받으라.

그러고 나서 달래기를,

"백성을 위하여 빨리 항복문서를 올리면 한 지방을 맡겨 나라의 전통을 끊이지 않게 해주리라."

했다. 이때 율도왕이 뜻밖에 이름 없는 도적이 칠십여 고을을 항복받고 가는 곳마다 당해 내지 못하여 도성을 침범해 오니, 지혜 있는 신하라도 이를 물리칠 계책을 내지 못했다. 이런 가운데 문득 격서를 보내오니 조정 신하들은 어찌할 줄 모르고 장안 백성은 소란스러웠다. 여러 신하들이 의논하기를,

"이제 도적의 대세를 당하지 못하겠으니 싸우지 말고 도성을 굳게 지키면서 기병(騎兵)을 보내 군량미를 운반하는 길을 막으면 적병이 싸울 힘을 잃게 될 것입니다. 그러다가 물러갈 길이 없으면 몇 달이 못 되어 적장의 머리를 성문에 매달 수 있을 것입니다."

하며 의논이 분분하고 있을 때 수문장이 급히 고하기를,

"적병이 벌써 도성 십 리 밖에 진을 쳤나이다."

하니 율도왕이 크게 분노하여 정예부대 십만을 뽑고 친히 대장이 되어 삼군을 재촉하여 호수를 막아 진을 쳤다. 이때 길동이 지형을 살피고 나서 여러 장수와 의논하기를,

"내일 정오면 율도왕을 사로잡을 것이니 군령(軍令)을 어기지 말라."

하고 여러 장수를 격려하고 세 호걸을 불러,

"그대는 군사 오천을 거느려 양관 남쪽에 복병했다가 호령을 기다려 이리이리하라."

하고 후군장 김인수를 불러,

"그대는 군사 이만을 거느려 이리이리하라."

하고 또 좌선봉 맹춘을 불러,

"그대는 철기(鐵騎) 오천을 거느려 율도왕과 싸우다가 거짓 패하여 왕을 인도하여 양관으로 달아나다가 뒤쫓는 군사가 양관 어귀에 들거든 이리이리하라."

하고 대장 깃발과 방패와 도끼를 주었다. 이튿날 날이 밝을 때 맹춘이 성문을 활짝 열고 대장 깃발을 군대 앞에 세우고 외치기를,

"무도한 율도왕이 감히 천명을 항거하니 나를 당적할 재주 있거든 빨리 나와 자웅을 가리자."

하며 성문에 돌진하며 재주를 자랑하니 적진 선봉 한석이 그 소리를 듣고 말을 몰아 나오며,

"너희는 어떤 도적이기에 임금도 몰라보고 태평 시절을 소란케 하느냐? 오늘날 너희를 사로잡아 민심을 안심시키겠노라."

하고 말이 끝나자 장수끼리 붙어 싸우더니 몇 차례 지나지 못하여 맹춘의 칼이 빛나며 한석의 머리를 베어 들고 좌충우돌하며 외쳤다.

"율도왕은 무죄한 장졸을 상하게 하지 말고 빨리 나와 항복하여 잔명을 보전하라."

선봉이 패하는 모양을 보고 율도왕이 분기를 이기지 못하여, 푸른 갑옷에 붉은 투구를 쓰고 왼손에 창을 들고 천리마를 재촉하여 군대 앞에 나서며,

"적장은 잔말 말고 나의 창을 받으라."

하고 급히 맹춘을 맞아 싸우니 십여 차례 싸움에 맹춘이 패하여

말 머리를 돌려 양관으로 향하니 율도왕이 꾸짖어 소리치기를,

"적장은 달아나지 말고 말에서 내려 항복하라."

하며 말을 재촉하여 맹춘을 따라 양관으로 가니 적장이 곧 어귀에 들어서는 군기를 버리고 산골짜기로 달아났다. 율도왕이 무슨 간계가 있는가 의심하다가 말하기를,

"네 비록 간사한 꾀가 있으나 내 어찌 그런 걸 겁내겠느냐?"

하고 군사를 호령하여 급히 뒤쫓았다. 이때 길동이 대장 지휘대에서 보다가 율도왕이 양관 어귀에 들어온 줄을 알고 신병(神兵) 오천을 호령하여 대군과 합세하여 양관 어귀에 팔진을 쳐서 돌아갈 길을 막았다. 율도왕이 적장을 쫓아 골짜기에 들어갔을 때 대포 소리 나며 사면에 복병이 합세하는데 그 세력이 비바람이 몰아치는 것 같았다. 율도왕이 계교에 속은 줄 알고 어찌할 수 없어 군사를 돌려 나오다가 양관 어귀에 이르니 길동의 대병이 길을 막아 진을 치고 항복하라 하는 소리 천지에 진동했다.

율도왕이 힘을 다하여 군대를 헤치고 들어가니 문득 비바람이 일어나고 우레와 벼락이 진동하며 지척을 분간할 수 없어 군사들이 정신을 잃고 갈 길을 찾지 못했다. 길동이 신병을 호령하여 적장과 군졸을 한꺼번에 결박하니 율도왕이 어찌할 줄 모르고 크게 놀래어 급히 헤치고 나오려 했으나 팔진을 어떻게 벗어나겠는가? 필마단창(匹馬單槍)[44]으로 방향을 찾지 못하고 달리고 있을 때 길동이 여러 장수를 호령하여 결박하라 하는

44) 한 필의 말과 한 자루의 창이란 뜻으로 전쟁에서 군사를 잃고 장수 혼자 살아남은 것을 비유한다.

소리 추상과 같았다. 율도왕이 사면을 살피니 따르는 군사는 하나도 없어 스스로 벗어나지 못할 줄 알고 분함을 이기지 못하여 자결하고 말았다.

길동이 군대를 거느리고 승전고를 울리며 본진으로 돌아와 군사를 배부르게 먹인 후에 율도왕을 왕의 예로 장사하고 군대를 재촉하여 도성을 에워쌌다. 율도왕의 맏아들이 이 소식을 듣고 하늘을 우러러 탄식하며 자결하니 여러 신하들이 어쩔 수 없어 율도국 옥새를 가져다 항복했다. 길동이 대군을 거느리고 도성에 들어가 백성을 안심시키고 율도왕의 아들도 왕의 예로 장사를 지내주었다. 각 고을에 사면령을 내리고 죄인을 다 풀어주며 창고를 열어 백성을 구제하니 온 나라에 그 덕을 치하하지 않는 이가 없었다.

길동이 날을 가리어 왕위에 오르고 아버지 홍 승상을 추존하여 태조왕이라 하고 왕릉의 이름을 현덕릉이라 했다. 그 어머니를 왕대비로 봉하고, 백용을 부원군에 봉하고, 백씨를 왕비로 봉하고, 정과 통 두 사람으로 정숙 비를 봉하고, 세 호걸로 대사마 대장군을 봉하며 병마(兵馬)를 감독하게 했다. 김인수로 청주 절도사를 시키고, 맹춘으로 부원수를 시키고, 나머지 여러 장수들을 차례로 포상하니 한 사람도 불만스러워하는 사람이 없었다. 왕이 즉위한 후에 시절은 조화롭고 농사는 풍년이 들며, 나라는 태평하고 백성은 평안하여 사방에 일이 없고 덕화가 크게 이루어져 길에 물건이 떨어져도 주워 가져가는 일이 없었다.

태평한 세월을 보낸 지 수십 년이 지나 왕대비 승하하시니 그때 연세가 칠십삼 세였다. 왕이 못내 슬퍼하여 예의를 갖추어 장례를 치르는 효성이 백성들을 감동시켰으며, 아버지의 무덤인 현덕릉에 안장했다. 왕이 삼자이녀를 두었는데 맏아들 항이 아버지의 모습을 본받아서 신하와 백성이 다 태산과 북두칠성처럼 우러러 받들었으므로 그를 태자로 봉하셨다. 모든 고을에 사면령을 내리고 잔치를 베풀어 즐기니 그때 왕의 연세가 칠십이었다. 술을 마셔 반쯤 취하신 후에 칼을 잡고 춤을 추며 노래했다.

칼을 잡고 우수 가에 비겨 서니
남쪽 바다 몇 만 리냐
붕새 날아다니니
회오리바람 일어나네
춤추는 소매 바람 따라 휘날리니
해 뜨는 동편과 해 지는 서편일세
전쟁을 가라앉히고 태평 시절 이루니
상서로운 구름 일고 밝은 별 비치네
용맹한 장수 사방을 지키니
도적이 국경을 엿보지 못하네

이날 왕위를 태자에게 물려주시고 다시 각 고을에 사면령을 내렸다.

도성 삼십 리 밖에 월영산이 있는데 예로부터 신선이 득도한 자취가 군데군데 남아 있었다. 갈홍(葛洪)의 연단(煉丹)[45]하던 부엌이 있고, 마고(麻姑)[46]의 승천하던 바위가 있어 기이한 꽃과 한가한 구름이 항상 머물러 있었다. 왕이 그 산수를 사랑하고 적송자(赤松子)[47]를 따라 놀고자 하여 그 산속에 세 간 정자를 지어 중전 백씨와 더불어 거처하며 곡식을 먹지 않고 천지의 정기를 마셔 선도(仙道)를 익혔다. 태자가 왕위에 오른 뒤에 한 달에 세 번 찾아가 부왕(父王)과 왕비께 문안하셨다.

하루는 우레와 벼락 소리에 천지진동하며 오색구름이 월영산을 두르더니, 한참 만에 우렛소리가 걷히고 천지가 밝으며 신선이 탄 학의 소리가 자자하게 들리더니 대왕과 왕비가 간곳없었다. 왕이 급히 월영산에 가서 보니 종적이 없었다. 망극한 마음을 이기지 못하사 공중을 향하여 무수히 부르짖으며 울었다. 대왕이 두 분을 현릉에 허장(虛葬)[48]하니 사람이 모두 이르기를,

"우리 대왕은 신선의 도를 닦아 백일승천(白日昇天)[49]하셨다."

했다. 왕이 백성을 사랑하여 덕화를 힘쓰니 온 나라가 태평하여 격양가를 부르니 자손 대대로 이어져 태평으로 지냈다.

조선에 있는 홍 승상 댁 대부인이 말년에 세상을 떠나시니

45) 갈홍은 중국 동진의 신선이며, 연단은 늙지 않고 오래 살기 위해 약을 만드는 법을 말한다. 갈홍이 연단술에 능했다고 한다.
46) 옛날 중국의 신화와 전설에 자주 등장하는 선녀이다.
47) 중국의 신화와 전설에 자주 등장하는 신선이다.
48) 시신을 찾을 수 없어 생전에 쓰던 유품을 가지고 장례를 치르는 것이다.
49) 신선의 도를 닦아 육신이 죽지 않고 사람들이 보는 가운데 대낮에 하늘로 올라가는 것을 말한다.

장차 길현이 예절을 극진히 하여 선산 기슭에 장례를 지내고 삼년상을 지낸 후 조정에 나아가 처음에 한림학사와 대간을 겸하고, 연달아 승진하여 병조 정랑에서 홍문관 교리 수찬을 겸하고, 이어 품계가 올라 승상을 지내었다. 이렇듯 발복(發福)[50] 하여 정승과 판서를 지내니 영화가 온 나라의 으뜸이었다. 날마다 부친의 산소를 생각하고 동생을 보고 싶어 했으나 남북에 길이 갈리어 슬퍼해 마지않았다.

아름답도다, 길동의 한 일이여! 호탕하게 빼어난 대장부로다. 비록 천하게 태어났으나 쌓인 원한을 풀어버리고 효성과 우애를 완전히 실천하여 운명을 개척했으니 만고에 희한한 일이기로 뒷사람이 알도록 기록해 둔다.

---

50) 조상의 덕이나 자신의 선행으로 하늘이 내린 복을 받는다는 뜻이다.

작품 해설

정하영

1. 문제 작가의 문제 작품 「홍길동전」

「홍길동전」은 한국고소설 가운데 독특한 위치를 차지하는 문제의 작품이다. 최초의 국문소설이고, 허균의 창작소설이며, 민감한 사회문제를 제기한 사회소설이라는 평가가 수식어처럼 따라다니는 작품이다. 이러한 평가에 대해서는 그동안 적지 않은 논란이 있었지만, 그럼에도 불구하고 「홍길동전」은 한국고소설 가운데 대표작이며 문제작으로 인정받고 있다.

「홍길동전」에 대한 해석과 평가는 작자 허균(許筠, 1569~1618)과 밀접한 관련이 있다. 허균은 광해군 때의 뛰어난 사상가이자 정치가였다. 그는 학자로 이름이 높았던 허엽(許曄)의 후취 부인 강릉 김씨의 소생으로 태어났으며, 여류 문인으로 잘 알려진 난설헌(蘭雪軒)은 그의 손위 누이이다.

허균은 유교 집안에서 태어나 유학을 공부하고 과거에 합격하여 여러 관직을 두루 거쳤다. 그러나 그는 예교(禮敎)에 얽매여 있던 당시의 폐쇄된 사회에 한계를 느끼고 새로운 변화를 모색하였다. 이단으로 지목되어 배척받던 불교와 도교에도 깊은 관심을 가졌다. 불교에 심취하여 출가를 결심하기도 했고, 도교의 양생술(養生術)과 신선사상을 동경하여 이에 몰두한 적도 있다. 뿐만 아니라 중국 사행(使行) 길에서 접한 서양의 선교사를 통해 천주교 기도문을 얻어 와서 이를 탐독한 일도 있다.

허균은 자유분방하고 규범에 얽매이지 않는 행동 때문에 여러 차례 탄핵을 받아 파직을 당했다. 한때는 당시의 집권 세력인 대북파의 일원으로 활동했으나 마지막에는 역적모의를 주도했다는 죄목으로 저잣거리에서 사지가 찢기는 참형(斬刑)을 당했다. 그는 생전에 수많은 저작을 남겼으나 비참한 죽음으로 모두 사라지고, 그 가운데 일부만이 후세에 전해지게 되었다. 그의 문집으로 『성소부부고(惺所覆瓿藁)』 스물여섯 권, 『한정록(閒情錄)』 스무 권이 전하여 그의 문학적 재능을 엿볼 수 있게 한다. 허균은 유교 중심의 당시 관료 사회에서는 받아들여질 수 없는 이단자였다. 그러나 오늘날의 입장에서 보면 편협한 유교 문화에 한계를 느끼고 다양한 문화를 수용함으로써 새로운 문화를 창출하기 위해 몸부림쳤던 선각자라 할 수 있다.

「홍길동전」에는 허균의 사상과 삶이 강하게 투영되어 있다. 독자들이 작품을 읽거나 연구자들이 작품을 해석하고 평가할 때는 작자인 허균을 먼저 떠올리게 된다. 「홍길동전」 허균은 불가분의 관계에 있다. 「홍길동전」에 특별한 관심을 가졌던 『조선소설사(朝鮮小說史)』의 저자 김태준은 '「홍길동전」이 허균의 자서전이며, 주인공 길동은 허균의 자화상'이라고 규정한 바 있다.

허균과 「홍길동전」의 관계는 실로 밀접하게 연결되어 있지만 그가 이 작품을 지었다는 사실에 대해서는 상당한 논란이 있었다. 허균이 지었다는 「홍길동전」의 원본은 현재 남아 있지 않고, 그가 이 작품을 지었다는 증거 또한 허균 자신의 문집이나 관련 자료에서 찾아볼 수 없다. 허균이 「홍길동전」의 작자라는 사실은 택당(澤堂) 이식(李植, 1584~1647)의 문집에서 처음으로 언급된다. 허균과 동시대의 학자인 이식은 허균의 행적을 비난하면서 그가 「홍길동전」의 작자라는 사실을 밝혔다.

> 세상에서 전하기를 「수호전」을 지은 사람은 삼대가 귀머거리와 벙어리가 되어 그 죗값을 받는다고 한다. 도적들이 그 책을 높여 받들기 때문이다. 허균과 박엽 같은 사람들이 그 책을 좋아하여 도적들의 별명을 가지고 자기 별호를 삼아 서로 장난을 쳤다고 한다. 허균은 「홍길동전」을 지어 「수호전」에 견주었다고 한다. 그의 무리인 서양갑, 심우영 등은 몸소 그런 짓을 하다가 그 마을이 파탄이 났으며, 허균 역시 반란을 도모하다 죽임을 당했으니 이는 귀머거리나 벙어리가 된 것보다 더 심한 벌을 받은 것이다.

택당의 증언을 근거로 초창기 국문학 연구자들은 허균을 「홍길동전」의 작자로 확인하였고, 이를 토대로 작품의 의미와 가치를 평가하였다. 그러나 허균을 작자로 단정한 데는 택당의 증언 이외에도 허균 자신의 행적이나 사상이 작품의 내용과 부합한다는 점이 함께 고려되었다.

허균은 서자(庶子)는 아니었지만 서자의 입장을 이해하고 그들과 가까운 관계를 맺고 있었다. 그에게 학문을 가르친 스승 이달(李達) 역시 서자였다. 허균은 누이인 난설헌과 함께 이달에게 학문을 배웠고, 그의 인품을 존경하여 그를 모델로 한 「손곡산인전(蓀谷山人傳)」을 짓기도 했다. 허균이 평소에 가까이 어울렸던 서양갑, 심우영 등 소위 칠서(七庶)라 불리는 일곱 사람도 모두 서자였다. 허균은 이들이 꾸민 사건에 연루되어 결국 목숨을 잃게 된다. 「홍길동전」에서 서자를 주인공으로 설정하고 적서(嫡庶) 차별 문제를 중심 소재로 택한 것은 허균 자신의 사상과 행적을 반영한 것으로 보인다.

허균은 생전에 서민들의 입장을 대변하고 옹호하는 여러 편의 논설을 남겼다. 관론(官論), 정론(政論), 소인론(小人論), 유재론(遺才論), 호민론(豪民論) 같은 논설에서 그는 민본사상, 신분 계급의 타파 및 인재 등용의 방안에 대한 자신의 주장을 펼치고 있다. 유재론에서는 서자와 천민에 대한 차별을 통렬하게 비판하면서 하늘이 내는 인재를 적서라 하여 차별해서는 안 된다고 주장했다.

> 하늘이 인재를 내는 것은 한 시대의 쓰임을 위해서이다. 인재를 낼 때는 고귀한 집안의 태생이라 하여 그 성품을 풍부하게 주지 않고, 미천한 집안의 태생이라고 하여 그 품성을 인색하게 주지 않는다. …… 조선에 들어와서 인재 등용의 길이 더욱 좁아져서 대대로 벼슬하던 명문가가 아니면 높은 벼슬에 오를 수 없었고, 시골의 보잘것없는 집에 사는 선비는 빼어난 재주가 있

더라도 등용되지 못했다. 예부터 지금까지 오랜 기간 동안 어느 세상에서도 서얼(庶孼) 출신이라 해서 어진 인재를 버려두고, 어머니가 개가(改嫁)했다 해서 재능을 쓰지 않는 사례는 듣지 못했다. 오직 우리나라만은 그렇지 않았으니, 어머니가 천하거나 개가했으면 그 자손은 모두 벼슬길에 나아가지 못한다.

…… 하늘이 낳아주셨는데 사람이 버리니 이것은 하늘을 거역하는 짓이다. 하늘을 거역하고 하늘에 빌어 복을 받은 사람은 없었다. 나라를 다스리는 사람이 하늘을 받들어 하늘의 뜻대로 행해야만 큰 복을 받을 수 있으리라.

이러한 주장은 호민론에서 더욱 적극적으로 전개된다.

천하에 두려워해야 할 바는 오직 백성이다. 홍수나 화재, 호랑이, 표범보다도 백성을 두려워해야 하는데, 윗자리에 있는 사람이 항상 업신여기며 모질게 부려먹음은 도대체 어떤 이유인가? …… 백정(白丁)으로 신분을 감추고 몰래 딴마음을 품고서 세상을 엿보다가, 혹시 시대적인 변고라도 생기면 자기의 소원을 실현하려는 사람들이 호민이다. 호민은 참으로 두려워해야 할 백성이다. 호민은 나라의 허술한 틈을 엿보고 일의 형세가 편승할 만한가를 노리다가 팔을 휘두르며 밭두렁 위에서 한 차례 소리 지르면 원망을 품고 있던 백성들이 소리만 듣고도 모여들어 함께 외쳐대게 마련이다. 평민들도 역시 살아갈 길을 찾느라 호미, 고무래, 창자루를 들고 따라와서 무도한 놈들을 쳐 죽이지 않을 수 없는 것이다. …… 하늘이 관리를 세운 것은 백성을 보살피기 위함이고, 한 사람이 위에서 방자하게 눈을 부릅뜨고 한없는 욕심을 채우게 하려던 것은 아니었다. …… 우리 백성들의 시름과 원망은 고려 말엽보다 훨씬 심하다. 그런데도 위에 있는 사람은 태평스러운 듯 두려워할 줄을 모르니 이는 우리나라에 호민이 없기 때문이다. 불행스럽게 견훤이나 궁예 같은 사람이 나와서 몽둥이를 휘두른다면 시름하고 원망하던 백성들이 따르지 않으리라고 어떻게 보장하겠는가.

논설에 나타난 허균의 사상은 「홍길동전」에서 길동의 말과 행동을 통해서 구체적으로 실현되었다. 서자로 태어난 길동은 가정과 사회에서 천시받고 버림을 받았다. 인간다운 삶의 길이 막힌 그는 자기네 무리를 이끌고 일어나 사방을 다니면서 자신의 억울한 처지를 호소하고 신분 차별 철폐를 요구한다.

허균은 평소에 서민의 삶에 깊은 관심을 가지고 있었으며, 그것을 소설의 소재로 삼아 다섯 편의 작품을 지었다. 이들 작품은 한문으로 된 전(傳) 형식을 띠고 있으며, 그 주인공들은 현실에서 소외받는 서민 계층이다. 「손곡산인전」은 뛰어난 재능을 가지고도 서자라는 신분 때문에 불우하게 살다 간 자신의 스승 이달의 생애를 그린 작품이다. 「엄처사전(嚴處士傳)」 시골에서 태어나 높은 경지의 학문을 이루었으나 곤궁한 생활을 벗어날 수 없었던 엄충정을 주인공으로 하고 있다. 「남궁선생전(南宮先生傳)」, 「장산인전(張山人傳)」, 「장생전(蔣生傳)」 등은 도술에 심취한 인물들의 이야기이다. 「장생전」의 주인공 장생은 비렁뱅이, 점쟁이, 무당 같은 시정잡배들과 어울려 다녔으며 죽은 뒤에는 동해에 있다는 섬나라를 찾아 떠나는 것으로 되어 있다. 「홍길동전」에서 길동이 율도국을 찾아 나서는 장면을 연상하게 하는 내용이다.

허균의 사상과 행적을 종합적으로 고려할 때, 허균이 「홍길동전」을 지었다고 보는 데는 의심의 여지가 없다. 그럼에도 불구하고 아직도 허균의 저작설에 의문을 제기하는 견해가 있다. 허균 저작설에 결정적 단서를 제공한 『택당집』의 기록이 저자의 사후에 편집된 것이어서 신빙성이 떨어진다는 견해도 있고, 허균이 「홍길동전」을 지었다면 그가 처형될 때 그 사실이 죄목에 포함되었어야 할 것인데 그런 언급이 전혀 없었다는 점을 문제 삼는 연구자도 있다. 또 허균의 인품이 간사하고 음흉하여 「홍길동전」 같은 작품을 지을 위인이 못 된다는 주장도 있었다. 그러나 이런 사실을 가지고 『택당집』의 엄연한 기록을 부인할 수는 없다.

허균이 「홍길동전」을 지었다는 분명한 사실에 대해 의문을 제기하는 데는 다른 중요한 이유가 있다. 허균이 지었다는 「홍길동전」이 과연 현재 전해지는 「홍길동전」과 같은 작품인가 하는 점이다. 허균이 작품을 지은 것은 대략 1600년 전후의 일인데 현재 전해지는 「홍길동전」은 1890년경에 처음으로 세상에 나온 것이다. 삼백 년 정도의 시간 동안 허균의 원작이 어떻게 전해지고, 또 어느 정도 변이가 이루어졌는지는 알 수가 없다. 허균의 원작이 과연 국문으로 된 것인가, 아니면 한문으로 지은 것을 후대의 누군가가 국문으로 번역해서 전한 것인가? 현재 전해지는 「홍길동전」에는 허균이 지은 것으로 보기에는 납

득되지 않는 부분이 적지 않게 보이는데, 그렇다면 현재 전해지는 작품이 허균의 원작을 어느 정도 포함하고 있으며, 또 어느 정도 새로운 요소들을 수용하고 있는가? 또한 현재 「홍길동전」이란 이름을 붙이고 있는 수십 종의 이본 가운데 어떤 것이 원본에 가까운 것인가?

허균의 원작이 남아 있지 않은 현재로서는 이 많은 문제들을 의문으로 남겨 둘 수밖에 없지만, 다음과 같은 추론은 가능하다. 허균이 「홍길동전」을 지은 것은 분명한 사실이지만, 그것이 국문소설인지 한문소설인지는 알 수 없다. 택당의 기록과 허균의 문학 활동을 통해 볼 때 「홍길동전」은 연산군 때의 실존인물 홍길동(洪吉同)을 주인공으로 한 한문 전(傳)이었을 것으로 추정된다. 허균이 역모에 연루되어 불행한 죽음을 당한 까닭에 그의 저작은 세상에서 사라지게 되었고, 국가의 정체성을 비판한 「홍길동전」은 금서(禁書)가 되어 더 이상 세상에 전해질 수 없었다. 작품의 내용은 구전(口傳)으로 전해지다가 문자로 기록되어 『청구야담(青邱野談)』이나 『기문총화(記聞叢話)』 같은 야담집에 실리기도 했다. 조선 사회의 신분 제약이 어느 정도 느슨해지는 개화기에 이르러 「홍길동전」은 당시에 성행하던 국문소설의 형식을 갖추어 현재의 모습으로 만들어지게 되었다. 초기에는 필사본으로 만들어졌다가 독자들의 호응을 받게 되면서 목판본과 활자본이 잇달아 나오게 된다. 작품이 공식적으로 전해지지 못하는 동안에 적지 않은 내용상의 변이를 겪게 되어 현재 전하는 「홍길동전」은 원본과 상당한 거리를 가지게 되었고, 지역이나 작가에 따라 다양한 형태의 이

본들이 나오게 되었을 것으로 본다.

2. 「홍길동전」의 이본(異本)과 내용

현재 「홍길동전」에는 수십 종의 이본들이 전해지고 있다. 목판본, 필사본, 활자본의 형식을 띠고 나타난 이본들은 대부분 국문으로 되어 있으나 「율도왕전(葎島王傳)」이란 이름으로 된 한문 필사본도 있다. 이본들의 내용은 모두 같은 줄거리를 가지고 있다.

조선 세종 때 홍 아무개라는 재상이 있었는데 그에게는 두 아들이 있었다. 첫째는 정실부인 유씨 소생 인형이고, 둘째는 시비 춘섬 소생 길동이었다. 길동은 아버지가 좋은 꿈을 꾸어 낳은 아들로, 타고나면서 빼어난 외모와 재주를 가졌다. 그러나 근본이 천생이라 자식 대접을 받지 못하고 온갖 천대를 받으면서 자랐다. 길동은 이 같은 차별을 참지 못하고 아버지에게 하소연했지만 오히려 꾸중만 들었다. 길동은 더 이상 참고 있을 수 없어 집을 떠나기로 결심하고 있는데, 마침 재상의 애첩인 곡산모의 모함으로 죽을 위험을 당하자 자기를 죽이러 온 자객을 죽이고 집을 떠난다.

길동은 산적의 소굴을 찾아가 그들의 두목이 되어 해인사 곡식을 탈취하고 함경감영의 무기를 거두어 온다. 이때부터 무리의 이름을 활빈당이라 하면서 전국을 다니며 탐관오리의 재물을 탈취하여 불쌍한 사람들에게 나누어주는 의적 활동을 벌인다.

조정에서는 이 사실을 보고받고 길동을 잡으려고 갖은 수단을 다하지만 잡을 수가 없었다. 우포장 이흡이 길동을 잡으러 나섰다가 길동에게 농락만 당한다. 이에 임금은 길동의 아버지를 가두고 형을 경상감사로 삼아 길동을 잡으라 한다. 그것마저도 실패로 돌아가자 길동의 소원을 들어주어 그에게 병조판서를 제수한다.

병조판서 교지를 받은 길동은 약속한 대로 더 이상의 장난을 그치고 조선을 떠나기로 한다. 적도들을 이끌고 조선을 떠나 제도라는 섬에 머물면서 지하의 요괴를 퇴치하고, 그곳에 납치되어 있던 두 처녀를 구해 주고 그들을 아내로 맞이한다.

길동은 아버지 홍 판서가 세상을 떠나자 좋은 묘지를 구하여 장례를 치르고 생모 춘섬을 모셔와서 삼년상을 치른다. 삼년상이 끝나자 자기 군대를 이끌고 가서 율도국을 정벌하고 나라를 세워 국왕이 된다. 그는 조선과 우호적 관계를 맺으며 평화롭게 나라를 다스리다가 죽음이 임박하자 왕위를 자식에게 물려주고 세상을 떠난다.

「홍길동전」의 초기 이본들은 목판본으로 간행되었는데 간행 지역에 따라 두 계열로 구분된다. 하나는 서울 지역에서 간행된 경판계이고, 다른 하나는 전주 지역에서 간행된 완판계이다. 이 두 계열은 기본 줄거리에서는 큰 차이가 없으나 세부적으로는 약간 다른 모습을 보인다.

경판은 내용이 간결하며 한문 번역투의 문장으로 되어 있는데 반해, 완판은 호남 지역의 사투리가 많이 사용되고 내용이 다소 번다한 편이다. 시기상 경판이 완판에 앞서는데, 완판은 경판의 내용을 바탕으로 하면서 독자들의 흥미를 끌 수 있는 요소들을 삽입하였다.

길동을 낳기 전에 홍공(洪公)이 꿈을 꾸었는데 갑자기 우레와 벽력이 진동하며 청룡이 수염을 거꾸로 세우고 공을 향하여 달려들기에 놀라 깨니 한바탕 꿈이었다. (「홍길동전」 경판본)

하루는 승상이 난간에 비겨 잠깐 졸고 있었는데 서늘한 바람이 길을 인도하여 한곳에 다다르니 청산(青山)은 암암하고 녹수(綠水)는 양양한데, 수양버들 천만 가지 푸른빛으로 나부끼고, 황금 같은 꾀꼬리는 춘흥(春興)을 희롱하여 양류 간에 왕래하며 기화요초(琪花瑤草) 만발한데, 청학(青鶴) 백학(白鶴)이며 비취 공작이 봄기운을 자랑했다. 승상이 경치를 구경하며 점점 들어가니 만 길 절벽은 하늘에 닿았고 굽이굽이 벽계수는 골골이 폭포 되어 무지개가 어렸는데, 길이 끊어져 갈 바를 알 수 없었다. 그때 문득 청룡이 물결을 헤치고 머리를 들어 고함하니 산골짝이 무너지는 듯하더니 그 용이 입을 벌리고 기운을 토하여 승상의 입으로 들어오거늘, 깨달으니 평생 대몽(大夢)이었다.
(「홍길동전」 완판본)

경판에서는 간단히 전하는 태몽의 내용을 완판에서는 판소리 사설처럼 장황하게 묘사하고 있다. 이런 현상은 길동이 자객을 퇴치하는 장면이나 율도국을 정벌하는 장면 등에서도 거듭해서 나타난다. 경판에서는 적서 차별을 중심으로 주제의 초점이 모아지는데, 완판에서는 적서 차별의 문제와 함께 탐관오리 척결, 불교의 폐해 같은 사회 부조리 전반에 대한 비판을 시도하고 있다.

이본들 가운데 대다수를 차지하는 필사본들은 대부분 경판이나 완판을 바탕으로 하면서 약간의 손질을 가한 것이다. 필사본 가운데 어떤 것은 경판과 완판의 내용을 조합하여 절충한 내용을 만들기도 하였다. 「홍길동전」 이본 가운데 유일한 한문본 「율도왕전」도 경판과 완판의 내용을 조합하여 한문으로 번역한 것이다.

3. 「홍길동전」의 소재와 구성

「홍길동전」의 소재 원천은 역사적 사실과 허구적 설화에서 찾을 수 있다. 작품의 중심인물인 홍길동(洪吉童)의 모델은 역사적 실존 인물인 홍길동(洪吉同)이다. 그는 성종 · 연산군 때의 백정 출신으로서 자기네 무리를 이끌고 서울 부근에서 강도 행각을 벌이다가 붙잡혀 처형된 인물이다. 그에 관한 기록은 『조선왕조실록』을 비롯한 여러 자료에 산발적으로 나타난다.

형조(刑曹)에서 아뢰기를, "백정인 춘재, 영부, 길동 등이 강화(江華)의 민가를 위협하여 강도질한 죄는 곧바로 사형에 처해 마땅합니다." 하니 그대로 따랐다.

(『조선왕조실록』, 성종 1년 7월)

의금부의 관리 한치형이 아뢰기를, "강도 홍길동이 옥정자(玉頂子)와 홍대(紅帶) 차림으로 첨지(僉知)라 자칭하며 대낮에 떼를 지어 무기를 가지고 관부(官府)에 드나들면서 거리낌 없는 행동을 자행하였는데 관리들이 어찌 이를 몰랐겠습니까."

(『조선왕조실록』, 연산군 6년 12월)

실록에 전하는 홍길동의 모습은 「홍길동전」의 내용과 상당 부분 상통하는 면이 있다. 홍길동 사건은 성종 때에 일어나서 연산군 때에 마무리되지만 후대에 이르기까지도 자주 언급될 만큼 그 파장이 길었다.

장순손이 아뢰기를, "홍길동의 무리들을 제가 추국(推鞫)했는데 홍길동이란 자가 당상관(堂上官)의 차림을 했기 때문에 수령도 그를 존대하여 그의 세력이 치성하게 되었습니다."

(『조선왕조실록』, 중종 25년 12월)

홍길동에 관한 일들은 당시의 지식인에게는 잘 알려져 있었으며, 허균은 이를 토대로 「홍길동전」을 지었다. 이것은 역사적 실존 인물인 홍길동의 전(傳)이었으므로 그 내용은 사실에 가까웠을 것이다. 그러나 허균이 작품을 쓴 것은 홍길동 사건이 일어난 지 백여 년 뒤의 일이기 때문에 사실 그대로만 기록할 수는 없었을 것이다. 택당의 기록에서도 「홍길동전」과 중국 소설 「수호전」과의 관계가 언급되고 있는 것으로 보아 허균의 창작 과정에서 국내외의 소설과 설화 들이 작품에 수용되었으리라는 것을 알 수 있다. 허균의 「홍길동전」이 나온 이후로도 홍길동에 관한 이야기는 민간에 전파되면서 설화를 형성해 나갔다.

> 무성산(武城山) 위에는 허물어진 산성이 있는데 민간에 전하기를 그 지방의 도적 홍길동이 쌓은 것이라고 한다.
>
> (송상기(1657~1723), 「마곡사여행기」)

> 심 진사가 묻기를, "너희들은 모두 녹림의 도둑들이로구나. 감히 국법을 무시하고 병기를 휘둘러 무고한 인명을 살해하면서 그만둘 줄은 모르고 이제 나를 대장으로 추대하려는 것은 무슨 뜻이냐?" 하니 도둑의 두령이 대답하기를, "이 산채는 홍길동 장군으로부터 백여 년을 내려왔습니다. 그 사이 역대 대장들이 모두 지모가 절륜한 분들이어서 사람들이 평안히 지내왔지요. …… 나으리께서 이제 이곳 산채의 무리를 어여삐 보시어 충의 대장군을 맡아주시옵소서."
>
> (『청구야담』, 「심 진사(沈進士)」)

『청구야담』의 기록은 주인공을 심 진사로 설정했지만 그 내용은 「홍길동전」과 상당 부분 일치한다. 홍길동의 이야기는 뒤에 나오는 임꺽정, 이몽학, 장길산 같은 의적들의 이야기와 뒤섞여 '홍길동 설화'를 만들었고, 그것이 「홍길동전」의 전승과 변모 과정에 영향을 끼쳤을 것으로 보인다.

길동이 대답하였다. "옛적에 장충의 아들 길산(吉山)은 천생(賤生)이었지만 열세 살에 그 어머니를 이별하고 운봉산에 들어가 도를 닦아 아름다운 이름을 후세에 전하였습니다. 저도 그를 본받아 세상을 벗어나려 하오니, 모친은 안심하고 후일을 기다리시시옵소서." (「홍길동전」 경판본)

「홍길동전」은 허균의 원작이 나온 이래 삼백여 년의 긴 잠복기를 거쳐 19세기 후반에 다시 세상에 나왔다. 이 기간 동안에 한문 전(傳) 형식의 「洪吉同傳」이 국문소설 「홍길동전」으로 재구성되면서 내용상 변모를 이루었다. 역사적 사실을 바탕으로 한 지식인 문학에 허구적 요소가 대폭 수용되어, 서민 독자의 관심과 흥미를 불러일으키는 통속소설로 변모한 것으로 보인다.

4. 「홍길동전」의 의의와 가치

작가에 대한 논란에도 불구하고 「홍길동전」을 한국 고소설의 대표작으로 보는 데는 이론이 없다. 「홍길동전」의 문학적 가치는 작자가 아니라 작품의 문학적 가치에서 찾을 수 있기 때문이다. 이 작품에서 다룬 적서 차별의 문제는 조선 시대의 사회적 병폐를 지적한 것이며 동시에 어느 사회에서나 제기될 수 있는 신분 차별의 문제와 연관되어 있다. 형태는 다르지만 기본권과 평등권의 주장은 어느 시대, 어느 사회에서나 제기될 수 있는 보편적 문제이며 문학에서 즐겨 다루는 중심 소재이다. 「홍길동전」은 그 서사 방식이 미숙하고 소박하긴 하지만, 인간의 존엄성과 평등성이라는 보편적 가치를 설파하고 있다는 점에 문학적 의의가 있다.

「홍길동전」의 줄거리는 주인공 길동의 행적을 중심으로 전개되는데, 크게 세 부분으로 나누어진다. 첫째 부분은 길동의 출생에서부터 가출에 이르기까지의 재가(在家) 생활기이고, 둘째 부분은 길동이 활빈당 두목으로서 의적 활동을 벌이다가 병조판서 교지를 받고 조선을 떠나기까지의 사회 활동기이며, 셋째 부분은 조선을 떠나 율도국이란 이상 국가를 건설하는 해외 개척기이다.

작품의 기본 구조를 이루고 있는 이들 세 부분은 서로 긴밀하게 연결되어 있는데 그 연결 고리가 되는 것은 물론 주인공 홍길동이다. 작품의 실마리는 길동이 시비 춘섬의 몸에서 태어난 서자라는 데 있으며, 이로 말미암아 집안의 천대를 받고 핍박을 당하다가 마침내 집을 떠나게 된다. 길동이 적서 차별의 현장인 집을 떠났지만 그것은 사회에서도 마찬가지로 자신을 얽매는 사슬이었다. 천한 신분의 길동에게는 재능을 발휘할 기회가 막혀 있었다. 그는 산적이 되어 신분 차별의 문제를 제기하고 제도적 개선을 요구하는 저항운동을 벌여 나간다. 국내에서는 적서 차별의 문제가 개선될 여지가 보이지 않자 길동은 조선을 떠난다. 미지의 섬나라를 찾아낸 길동은 그곳에서 자신이 소망하는 이상 국가를 세우고 자신의 꿈을 실현한다.

「홍길동전」에서 길동의 출생 문제를 작품의 실마리로 삼은 것은 신분 차별에 대한 독자들의 공감을 유도하기 위한 장치이다. 축첩 관행이 관습화된 사회에서 적서를 구분하고 서자에게 인간의 기본권을 제약하는 것은 불합리한 일이고 마땅히 비판되어야 할 일이다. 그러나 관행으로 굳어진 현실의 모순에 대해 누구도 감히 이의를 제기할 엄두를 내지 못하고 있었다. 작품에서 길동이 자신의 처지에 의문을 품고 문제를 제기하자 그의 아버지 홍 판서는 물론 그의 생모까지도 '재상가 천비 소생이 너뿐이 아닌데 너만 왜 유달리 그런 생각을 하느냐?' 라고 나무라며 '참고 견디면서 살라.'고 타이른다. 「홍길동전」에서 제기한 적서 차별의 문제 속에는 권력의 횡포에 대한 문제 제기가 맞물려 있다. 길동의 출생은 설화적 출생담으로 미화되고 정당화되어 있지만, 홍 판서의 권위적 협박에 의해 빚어진 결과였다. 춘섬은 어린 몸종의 신분으로 길동을 잉태하고 출산하였으나 길동은 자식으로 인정받지 못했다. 춘섬의 태도는 당대의 민중이 취하는 현실 순응적 사고를 벗어나지 않는 것이다.

길동은 자신의 억울한 처지를 비관하며 시정을 요구하고 개선을 시도하였으나 이루어지지 않았다. 길동이 택한 가출과 적도 가입은 그에게 불가피한 선택이었으며 일정 부분 현실을 반영하고 있다. 그가 차별의 현장인 집을 떠나고 조선을 떠나는 것은 깨어 있는 지식인의 꿈이었다. 조선을 떠나 율도국이란 섬나라를 찾고 그곳에다 자신의 이상을 실현할 나라를 세운다는 것은 문학적 상상력이 만들어낸 해결 방안이었다. 그것이 현실성이 없다 하더라도 언젠가 이루어질 꿈으로 제시하면서 독자들에게 희망의 메시지를 전해 준다는 점에서 소설적 성취를 이룩한 것이다.

「홍길동전」은 현실과 꿈이 결합되어 있는 이야기이다. 현실과 꿈이 어우러진 모습은 작품 전체에 걸쳐 나타나고 있지만, 작품의 진행 과정에 따라 현실에서 꿈이 강화되는 모습을 보인다. 작품의 전반부를 이루는 길동의 출생이나 적서 차별의 현장은 작품의 배경이 된 조선 후기의 사회 현실을 반영한다. 작품의 중반부에 펼쳐지는 길동의 의적 활동과 병조판서 제수는 당대의 현실을 반영하면서도 현실에서는 이루어지기 어려운 꿈을 수용하고 있다. 작품의 후반부에 제시된 길동의 율도국 건설은 당대의 현실에서는 이루어질 수 없는 꿈이고 환상이다. 홍길동은 현실적 인물이면서 한편으로는 허구적 인물이다. 그를 통해서 문제를 제기하고, 또 그를 통해서 문제를 해결하려 하기 때문이다.

「홍길동전」은 조선 중기 이후 빈번하게 일어났던 저항 세력과 그들의 활약상을 작품의 소재로 하면서 그들이 겪은 현실적 패배와 좌절을 비극으로 남겨 두지 않고 승리로 이끌어가고자 하는 민중의 꿈을 실현한 작품이다. 사회문제에 대한 비판 의식이 강하게 나타나는 「홍길동전」은 비판의 대상을 적서 차별에 국한하지 않고 사회 전반에 확대시켜 나간다. 작품의 내용이 비현실적이고 길동의 개인적 욕망을 실현하는 데 기울어 있다는 비판을 받기도 하지만, 「홍길동전」이 추구하는 가치는 개인의 차원을 넘어서서 신분적 불평등을 제도화한 중세 사회의 병폐를 지양하고 만인 평등의 미래 사회를 제시하고 있다는 점에서 여타의 현실 순응 문학과 구분된다. 길동의 꿈은 당대에서는 이루어질 수 없고 이루어지지 않았지만 언젠가는 이루어져야 하고, 또 이루어진 꿈을 제시하고 있다는 점에서 그 문학적 의의를 평가받고 있다.

지난 수십 년 동안 「홍길동전」은 온 국민이 즐겨 읽는 고전이었으며, 주인공 홍길동은 누구에게나 친근한 고전 캐릭터가 되었다. 1934년에 처음 영화로 만들어진 이래 여러 차례 영화와 드라마로 제작되었으며 1967년에는 우리나라 최초의 만화영화로 제작되기도 했다. 「홍길동전」은 지난 수십 년 동안 다양한 모습으로 개작되고 각색되어 새롭게 읽히고 있으며 앞으로도 이러한 작업은 끊임없이 이어질 것이다.

「홍길동전」은 한국 소설사상 중요한 의의를 가지는 작품이다. 『금오신화(金鰲神話)』에서 제시된 사회 비판 의식을 계승하면서 그것을 좀 더 구체적이고 현실적으로 전개하여 대중적 호응도를 높이고 확산시켜 소설의 사회적 기능을 일깨운 작품이다. 이러한 시각은 김만중의 「사씨남정기(謝氏南征記)」를 거쳐 연암 박지원의 소설에 이어지고 판소리계 소설에 이르러 찬란한 꽃을 피우게 된다. 「홍길동전」은 한국 문학사에서 소설 시대의 문을 연 기념비적 작품으로서 앞으로도 그 가치를 평가받고 역할 또한 지속해 나갈 것이다.

부록

【홍길동전 목판 방각본】

경판 24장본

일러두기

이 목판본(木版本)은 방각본(坊刻本) 경판(京版) 24장본으로서 1880년경에 서울 방각본 제판소에서 만들어졌으며 현재는 국립중앙도서관에 소장되어 있다. 방각본이란 민간의 출판업자들이 상업적 목적으로 만든 책을 뜻한다. 여기에는 방각본 경판 24장본과 완판 36장본 중 시기상 앞서면서 허균이 쓴 원본에 더 가깝다고 평가되는 경판만을 수록하였다.

홍길동젼 권지단

화셜됴션국 세종됴시졀의ᄒᆞᆫ지상이잇시니셩
은홍이오명은뫼라대ᄃᆡ명문거족으로소년등과
ᄒᆞ여벼ᄉᆞᆯ이니조판셔의니르ᄆᆡ물망이됴야의읏
듬이오츙효겸비ᄒᆞ기로일홈이일국의진동ᄒᆞ더
라일즉두아ᄃᆞᆯ을두어시니일ᄌᆞᄂᆞᆫ일홈이인형이
니뎡실뉴시소ᄉᆡᆼ이오일ᄌᆞᄂᆞᆫ일홈이길동이니시
비츈셤의소ᄉᆡᆼ이라션시의공이길동을나흘ᄯᆡ의
일몽을어드니문득뇌졍벽녁이진동ᄒᆞ며쳥룡이
수염을거ᄉᆞ리고공을향ᄒᆞ여다라들거ᄂᆞᆯ놀나ᄭᆡ
ᄃᆞ르니일쟝츈몽이라심즁의ᄃᆡ희ᄒᆞ여ᄉᆡᆼ각ᄒᆞ
되ᄂᆡ이제룡몽을어더시니반ᄃᆞ시귀ᄌᆞ식을나
ᄒᆞ리라ᄒᆞ고즉시ᄂᆡ당으로드러가니부인뉴시니
러ᄆᆞᆺ거ᄂᆞᆯ공이흔연이그옥슈를잇그러졍이친압
고져ᄒᆞ거ᄂᆞᆯ부인이졍ᄉᆡᆨ왈샹공이톄위존즁ᄒᆞ시
거ᄂᆞᆯ년쇼경박ᄌᆞ의비루ᄒᆞᆷ을ᄒᆡᆼ코져ᄒᆞ시니쳡은
봉ᄒᆡᆼ치아니ᄒᆞ리로소이다ᄒᆞ고언파의손을ᄯᅥᆯ치
고나가거ᄂᆞᆯ공이가쟝무류ᄒᆞ여분긔를참지못ᄒᆞ
고외당의나와부인의지식이업ᄉᆞ믈한탄ᄒᆞ더니
마ᄎᆞᆷ시비츈셤이차를올니거ᄂᆞᆯ그고요ᄒᆞᆷ을인ᄒᆞ
여츈셤을잇그러협실의드러가졍이친압ᄒᆞ니이
ᄯᆡ츈셤의나히십팔이라ᄒᆞᆫ번몸을허ᄒᆞᆫ후로문외
의나지아니ᄒᆞ고타인을취ᄒᆞᆯᄯᅳᆺ이업ᄉᆞ니공이긔
특이너겨인ᄒᆞ여잉쳡을삼앗더니과연그달봇터ᄐᆡ
긔잇셔십삭만의일ᄀᆡ옥동을ᄉᆡᆼᄒᆞ니긔골이비
범ᄒᆞ여진짓영웅호걸의긔샹이라공이일변깃거
ᄒᆞ나부인의게나지못ᄒᆞ믈한ᄒᆞ더라길동이졈졈ᄌᆞ
라팔셰되ᄆᆡ총명이과인ᄒᆞ여ᄒᆞᄂᆞ흘드르면ᄇᆡᆨ을

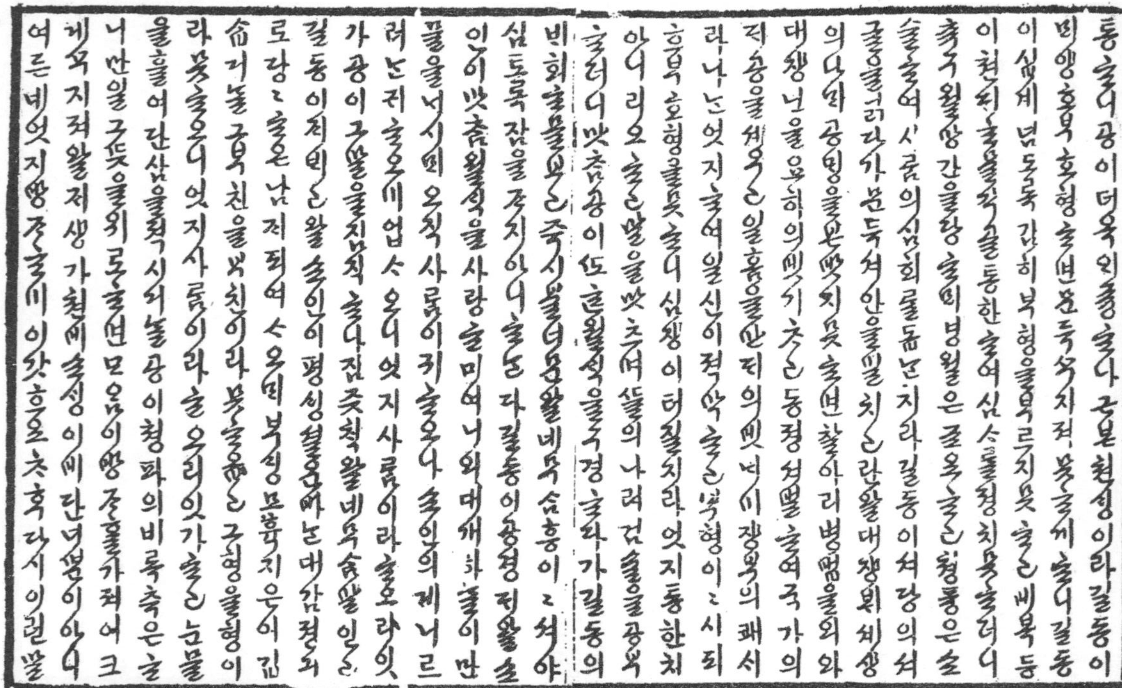
통ᄒᆞ니공이더욱익즁ᄒᆞ나근본쳔ᄉᆡᆼ이라길동이
ᄆᆡ양호부호형ᄒᆞ면문득ᄭᅮ지저못ᄒᆞ게ᄒᆞ니길동
이십세넘도록감히부형을부르지못ᄒᆞ고비복등
이쳔ᄃᆡᄒᆞ믈각골통한ᄒᆞ여심ᄉᆞ를졍치못ᄒᆞ더니
츄구월망간을당ᄒᆞ매명월은조요ᄒᆞ고쳥풍은소
슬ᄒᆞ여사ᄅᆞᆷ의심회를돕ᄂᆞᆫ지라길동이셔당의셔
글을읽다가문득셔안을밀치고탄왈대장뷔셰상
의나매공맹을본밧지못ᄒᆞ면ᄎᆞᆯ하리병법을외와
대장인을요하의빗기ᄎᆞ고동졍셔벌ᄒᆞ여국가의
뎍공을셰우고일홈을만ᄃᆡ의빗내미장부의쾌셔
라나ᄂᆞᆫ엇지ᄒᆞ여일신이젹막ᄒᆞ고부형이〻시되
호부호형을못ᄒᆞ니심쟝이터질지라엇지통한치
아니리오ᄒᆞ고말을맛ᄎᆞ며ᄯᅳᆯ의나려검술을공부
ᄒᆞ더니맛ᄎᆞᆷ공이ᄯᅩ한월ᄉᆡᆨ을구경ᄒᆞ다가길동의
비회ᄒᆞ믈보고즉시불너문왈네무ᄉᆞᆷ흥이〻셔야
심토록잠을자지아니ᄒᆞᄂᆞᆫ다길동이공경ᄃᆡ왈소
인이맛ᄎᆞᆷ월ᄉᆡᆨ을사랑ᄒᆞ미어니와대개하ᄂᆞᆯ이만
믈을내시매오직사ᄅᆞᆷ이귀ᄒᆞ오나소인의게니르
러ᄂᆞᆫ귀ᄒᆞ오미업ᄉᆞ오니엇지사ᄅᆞᆷ이라ᄒᆞ오리잇
가공이그말을짐쟉ᄒᆞ나짐즛ᄎᆡᆨ왈네무ᄉᆞᆷ말인
다길동이ᄌᆡ배고왈소인이평ᄉᆡᆼ셜운바ᄂᆞᆫ대감졍긔
로당〻ᄒᆞ온남자되여ᄉᆞ오매부ᄉᆡᆼ모육지은이깁
ᄉᆞᆸ거ᄂᆞᆯ그부친을부친이라못ᄒᆞ옵고그형을형이
라못ᄒᆞ오니엇지사ᄅᆞᆷ이라ᄒᆞ오리잇가ᄒᆞ고눈믈
을흘녀단삼을젹시거ᄂᆞᆯ공이쳥파의비록측은ᄒᆞ
나만일그ᄯᅳᆺ을위로ᄒᆞ면ᄆᆞᄋᆞᆷ이방자ᄒᆞᆯ가져허크
게ᄭᅮ지저왈ᄌᆡ상가쳔ᄉᆡᆼ이비단너ᄲᅮᆫ이아니
여든네엇지방자ᄒᆞ미이ᄀᆞᆺᄐᆞ뇨추후다시이런말

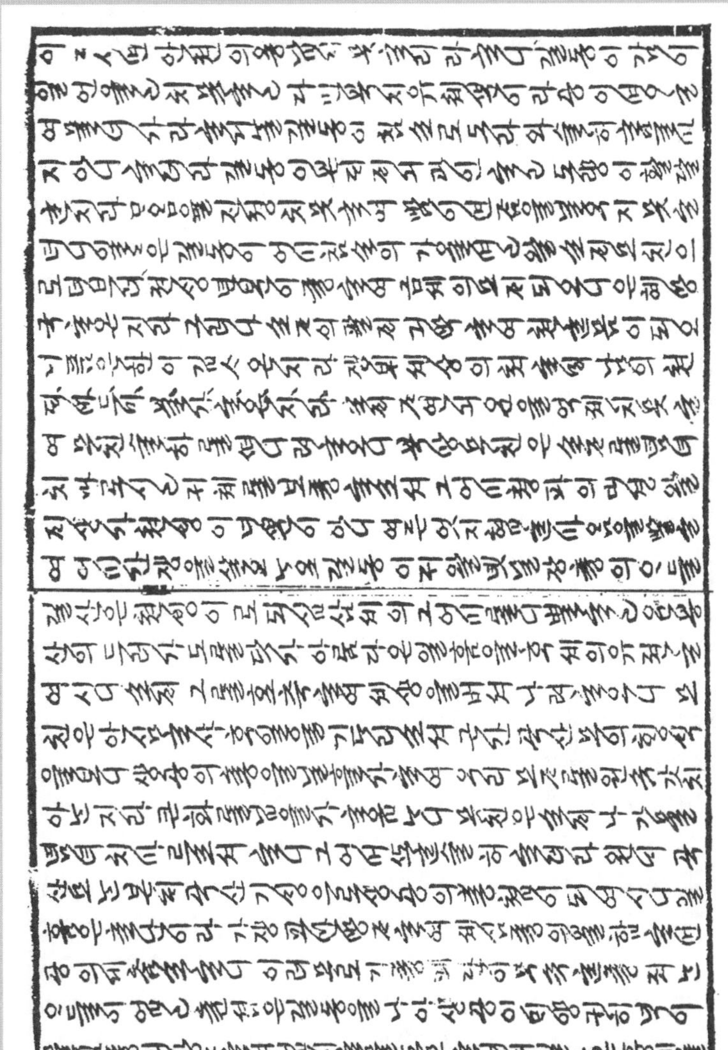

「홍길동전」 목판 방각본

오ᄂᆞᆯ오유혜를ᄒᆞᆨ히셤ᄒᆞ리라ᄒᆞ니무비드ᄅᆞᆫ깃거지
왈지금홍인ᄒᆞᆫᄯᆡ고일동관상녀이시니사ᄅᆞᆷ의상을
ᄒᆞᆫ번보면전후길흉을관찬ᄒᆞᄂᆞ니이사ᄅᆞᆷ을청ᄒᆞ여
ᄉᆞ원을조시니ᄅᆞᆯ생공괴천지ᄒᆞ여전후ᄉᆞ을븐다시
ᄂᆞᆫᄒᆞ면상공이필연ᄃᆡ혹ᄒᆞᄉᆞ그우회를업시ᄒᆞ시
리니그ᄯᆡ를타여ᄎᆞᄎᆞᄒᆞ면어지묘계아니리잇ᄂᆞᆫ쵸난
이대희ᄒᆞ여번져은조오십냥을주며상자를청ᄒᆞ여
오라ᄒᆞ니무녀하직ᄒᆞᆫ가니라잇흔날공이내당의드
러와부인으로더브러길동의비범ᄒᆞᆷ을ᄂᆞᆯ크며다
만쳔ᄉᆡᆼ이믈ᄒᆞᆫ탄ᄒᆞᆯ정히말ᄉᆞᆷᄒᆞ더니믄득ᄒᆞᆫ녀자
드러와당하의문안ᄒᆞ거ᄂᆞᆯ공이ᄂᆞᆫ이ᄒᆞᆯ이녀여문왈그
ᄃᆡᄂᆞᆫ엇더ᄒᆞᆫ녀ᄌᆞ완ᄃᆡ무ᄉᆞᆷ일노왓ᄂᆞ뇨그녀자왈소인
은관상ᄒᆞ기로일ᄉᆞᆷ더니맛ᄎᆞᆷ상공문하의니르러ᄂᆞ
니이다공이ᄎᆞ언을듯ᄂᆞᆫ길동의ᄂᆡᄉᆞ를알고져ᄒᆞ여즉
시불너뵈니상녀이윽히보다가놀나왈이공ᄌᆞ의상
을보니쳔ᄒᆞᆫ영웅이오일ᄃᆡ호걸이로ᄃᆡ다만지쳬부
족ᄒᆞ오니다른념녀ᄂᆞᆫ업ᄉᆞᆯ가ᄒᆞᄂᆞ이다ᄒᆞ고말을니르
려ᄒᆞ다가주저ᄒᆞ거ᄂᆞᆯ공과부인이가장괴히너겨왈무
ᄉᆞᆷ말ᄉᆞᆷ이ᄆᆞ바른ᄃᆡ로니르라상녀마지못ᄒᆞ여좌우를물니
치고왈공ᄌᆞ의상을보온즉흉중의조화무궁ᄒᆞ고미
간의산쳔졍긔영농ᄒᆞ오니짐짓왕후의긔상이라장
셩ᄒᆞ면장ᄎᆞᆺ멸문지화를당ᄒᆞ오리니상공은ᄉᆞᆯ피소
셔공이쳥파의경아ᄒᆞ여묵묵ᄒᆞᆫ향의마음을졍ᄒᆞ고왈
사ᄅᆞᆷ의팔ᄌᆞᄂᆞᆫ도망키어려오니너ᄂᆞᆫ이런말을누셜
치말나당부ᄒᆞ고약간은ᄌᆞ를주어보ᄂᆡ니라ᄎᆞ후로공
이길동을산졍의머물게ᄒᆞ고일동일졍을엄숙히살
피니길동이이일을당ᄒᆞᄆᆡ더옥셜움을이긔지못ᄒᆞ나
ᄒᆞᆯ일업셔육도삼약과텬문지리를공부ᄒᆞ더니공이이

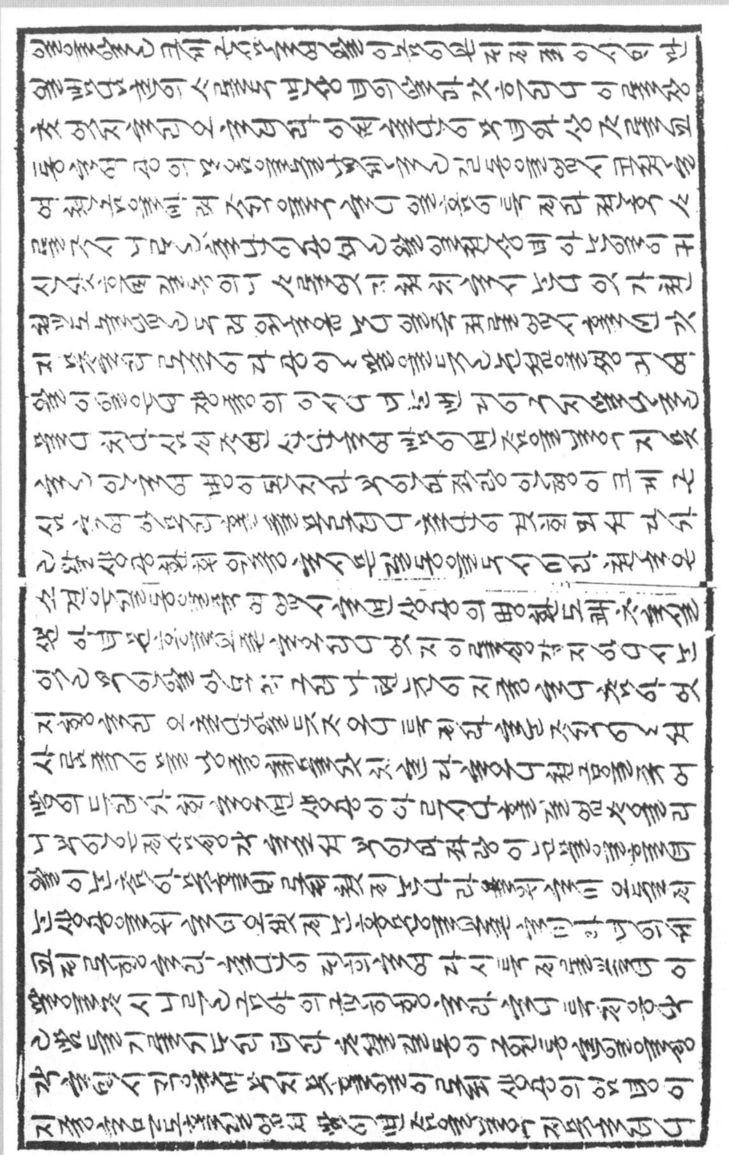

「홍길동전」 목판 방각본

ᄒᆞ야의 쵹을 ᄇᆞᆰ히고 쥬역을 잠심ᄒᆞ다가 믄득 드ᄅᆞ니
가마괴 세 번 울고 가거ᄂᆞᆯ 길동이 괴이히 녀겨 혼ᄌᆞ말노
니르되 이 즘ᄉᆡᆼ은 본ᄃᆡ 밤을 ᄭᅥ리거ᄂᆞᆯ 이제 울고 가니 심
이 불길ᄒᆞ도다 ᄒᆞ고 잠간 팔괘ᄅᆞᆯ 버려 보고 ᄃᆡ경ᄒᆞ여
셔안을 물니치고 둔갑법을 ᄒᆡᆼᄒᆞ여 그 동졍을 살피더
니 사경은 ᄒᆞ여 ᄒᆞᆫ 사ᄅᆞᆷ이 비수ᄅᆞᆯ 들고 완완이 방문을
열고 드러오ᄂᆞᆫ지라 길동이 급히 몸을 감초고 진언을
념ᄒᆞ니 홀연 일진음풍이 니러나며 집은 간 ᄃᆡ 업고 쳡
쳡ᄒᆞᆫ 산중의 풍경이 거록ᄒᆞᆫ지라 특ᄌᆡ ᄃᆡ경ᄒᆞ여 길동
의 ᄌᆡ조 신긔ᄒᆞᆷ을 알고 비수ᄅᆞᆯ 감초고 피코져 ᄒᆞ더니 믄
득 길이 ᄭᅳᆫ허지고 층암졀벽이 가리와시니 진퇴유곡이
라 사면으로 방황ᄒᆞ더니 믄득 져 소ᄅᆡ 들니거ᄂᆞᆯ 졍신
을 ᄎᆞ려 살펴보니 일위 소동이 나귀ᄅᆞᆯ 타고 오며 져 ᄇᆞᆯ기
ᄅᆞᆯ 긋치고 ᄭᅮ지져 왈 네 무ᄉᆞᆷ 일노 나ᄅᆞᆯ 죽이려 ᄒᆞᄂᆞᆫ다 무
죄ᄒᆞᆫ 사ᄅᆞᆷ을 해ᄒᆞ면 엇지 텬앙이 업ᄉᆞ리오 ᄒᆞ고 진언을
념ᄒᆞ더니 홀연 일진흑운이 니러나며 큰비 붓드시 오며
사셕이 ᄂᆞᆯ니거ᄂᆞᆯ 특ᄌᆡ 졍신을 슈습ᄒᆞ여 살펴보니 길동
이라 비록 그ᄃᆡ ᄌᆡ조ᄅᆞᆯ 신긔히 녀기나 엇지 나ᄅᆞᆯ ᄃᆡ젹ᄒᆞ리
오 ᄒᆞ고 ᄃᆞ라 들며 ᄃᆡ호왈 너ᄂᆞᆫ 죽어도 나ᄅᆞᆯ 원치 말나 쵸
낭이 무녀와 상ᄌᆞ로 ᄒᆞ여곰 상공과 의논ᄒᆞ고 너ᄅᆞᆯ 죽이
려 ᄒᆞ미니 엇지 나ᄅᆞᆯ 원망ᄒᆞ리오 ᄒᆞ고 칼ᄒᆞᆯ 들고 다라
들거ᄂᆞᆯ 길동이 분긔ᄅᆞᆯ 참지 못ᄒᆞ여 요술노 특ᄌᆡ의 칼
을 아ᄉᆞ 들고 ᄃᆡ매왈 네 ᄌᆡ믈을 탐ᄒᆞ여 사ᄅᆞᆷ 죽이믈 조
히 녀기니 너 갓흔 무도ᄒᆞᆫ 놈을 죽여 후환을 업시ᄒᆞ리
라 ᄒᆞ고 ᄒᆞᆫ번 칼흘 드니 특ᄌᆡ의 머리 방즁의 나려 지ᄂᆞᆫ
지라 길동이 분긔ᄅᆞᆯ 니긔지 못ᄒᆞ여 이 밤의 바로 상녀ᄅᆞᆯ
잡아 특ᄌᆡ 죽은 방의 드리치고 ᄭᅮ지져 왈 네 날노 더부러
무ᄉᆞᆷ 원슈 잇관ᄃᆡ 쵸낭과 ᄒᆞᆫ가지로 나ᄅᆞᆯ 죽이려 ᄒᆞ더

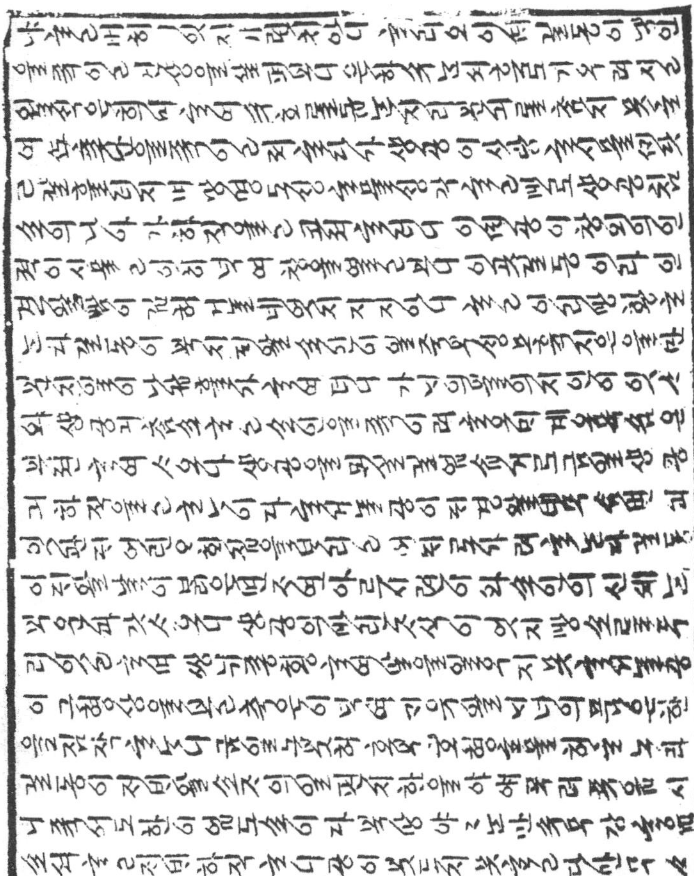

시ᄭᅮᆷ니ᄅᆞᆯ 엇지 이ᄌᆞ리오 ᄂᆡ 노복이 도라와 무ᄎᆡ 상봉ᄒᆞ
물ᄒᆡ라 ᄒᆞ며 길ᄉᆞᆫ이 적빈ᄒᆞ작ᄒᆞᄂᆞᆫ 문을 ᄂᆞ며 운산
이 쳡ᄌᆞᄒᆞ여 지ᄒᆡᆼ 업시 ᄒᆡᆼᄒᆞ니 잇지 ᄉᆞ려치 아니ᄒᆞ리오
ᄎᆞ셜 초란이 특져의 소식 업ᄉᆞᆷ을 심히 의아ᄒᆞ여 ᄉᆞ긔
ᄅᆞᆯ 탐지ᄒᆞ니 길동은 간ᄃᆡ업고 특져의 쥬검과 계집의 시
신이 방즁의 잇다 ᄒᆞ거ᄂᆞᆯ 초난이 혼비ᄇᆡᆨ산ᄒᆞ여 급히 부
인ᄭᅴ 고ᄒᆞᆫᄃᆡ 부인이 ᄯᅩᄒᆞᆫ 대경ᄒᆞ여 좌랑을 불너 이 일
을 닐ᄋᆞ며 상공긔 고ᄒᆞᆫᄃᆡ 공이 ᄃᆡ경실ᄉᆡᆨ 왈 길동이 밤의 와
슬피 ᄒᆞ직ᄒᆞᆷ을 고이히 넉엿더니 이 일이 잇도다 좌랑이
감히 은휘치 못ᄒᆞ여 초란의 실ᄉᆞᄅᆞᆯ 고ᄒᆞᆫᄃᆡ 공이 더옥 분노
ᄒᆞ여 일변 초난을 ᄂᆡ치고 가마니 그 시체ᄅᆞᆯ 업시 ᄒᆞ고 노
복을 불너 이런 말을 ᄂᆡ지 말나 당부ᄒᆞ더라 각셜 길동
이 부모ᄅᆞᆯ 니별ᄒᆞᆫ 문을 나ᄆᆡ 일신이 표박ᄒᆞ여 졍쳐 업
시 ᄒᆡᆼᄒᆞ더니 ᄒᆞᆫ 곳의 다ᄃᆞᄅᆞ니 경긔 졀승ᄒᆞᆫ지라 인가ᄅᆞᆯ
ᄎᆞᄌᆞ 드러가니 큰 바회 밋ᄒᆡ 셕문이 닷쳐거ᄂᆞᆯ 가ᄆᆞ
니 그 문을 열고 드러가니 평원 광야의 수ᄇᆡᆨ 호 인가 즐
비ᄒᆞᆫᄃᆡ 여러 사ᄅᆞᆷ이 모혀 잔ᄎᆡᄒᆞ며 즐기니 이 곳은 도젹
의 굴혈이라 문득 길동을 보고 그 위인이 녹녹지 아니ᄆᆞᆯ
반겨 문왈 그ᄃᆡᄂᆞᆫ 엇던 사ᄅᆞᆷ이완ᄃᆡ 이 곳의 ᄎᆞᄌᆞ 왓ᄂᆞ뇨
어 곳은 영웅이 모도ᄒᆞ엿시나 아직 괴슈ᄅᆞᆯ 졍치 못ᄒᆞ여
시니 그ᄃᆡ 만일 용력이 잇셔 참녜코져 ᄒᆞᆯ진ᄃᆡ 져 돌을 드
러 보라 길동이 이 말을 듯고 다ᄒᆡᆼᄒᆞ여 ᄌᆡ배 왈 나ᄂᆞᆫ 경
셩 홍판셔의 쳔쳡 소ᄉᆡᆼ 길동이러니 가즁 쳔ᄃᆡᄅᆞᆯ 밧
지 아니려 ᄒᆞ여 ᄉᆞ헤 팔방으로 졍쳐 업시 ᄃᆞᆫ니더니 오
연이 이 곳의 ᄂᆞ려와 모든 호걸의 동뇨 되믈 니ᄅᆞ시니 불
승감사ᄒᆞ거니와 장부 엇지 져만 돌 들기ᄅᆞᆯ 근심ᄒᆞ
리오 ᄒᆞ고 그 돌을 드러 수십 보ᄅᆞᆯ ᄒᆡᆼᄒᆞ다가 더지니 그
돌 무긔 쳔근이라 졔적이 일시의 칭찬 왈 과연 장ᄉᆞ로

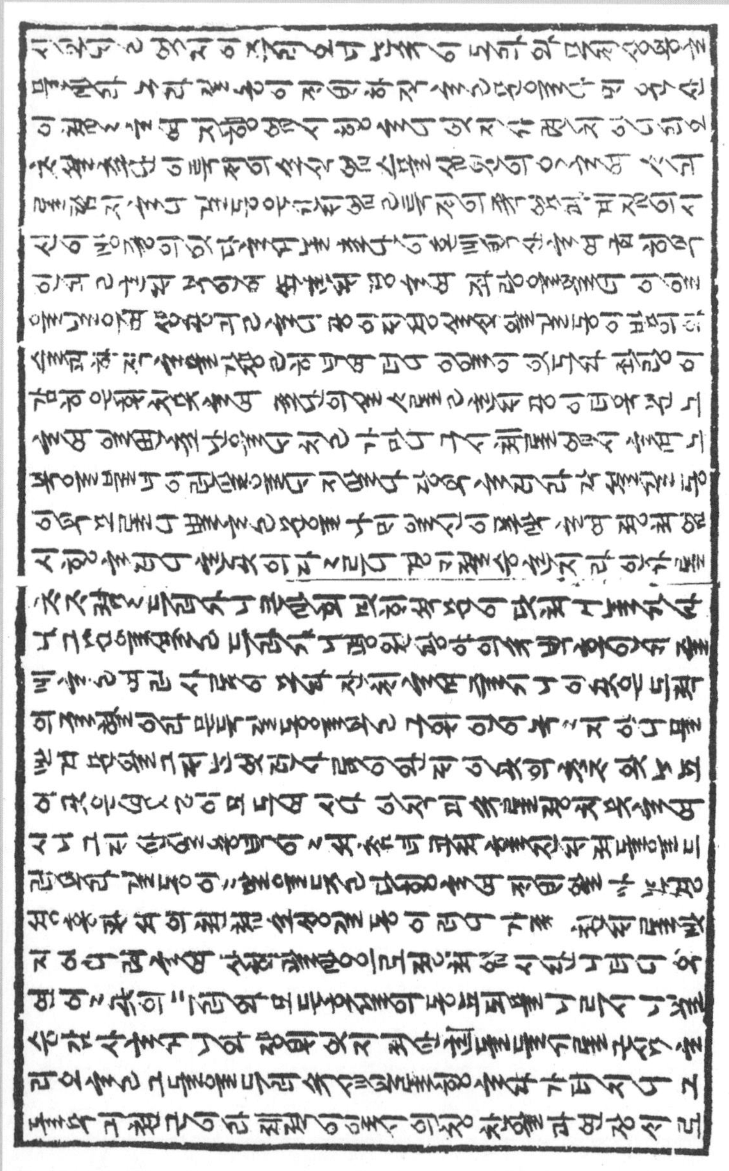

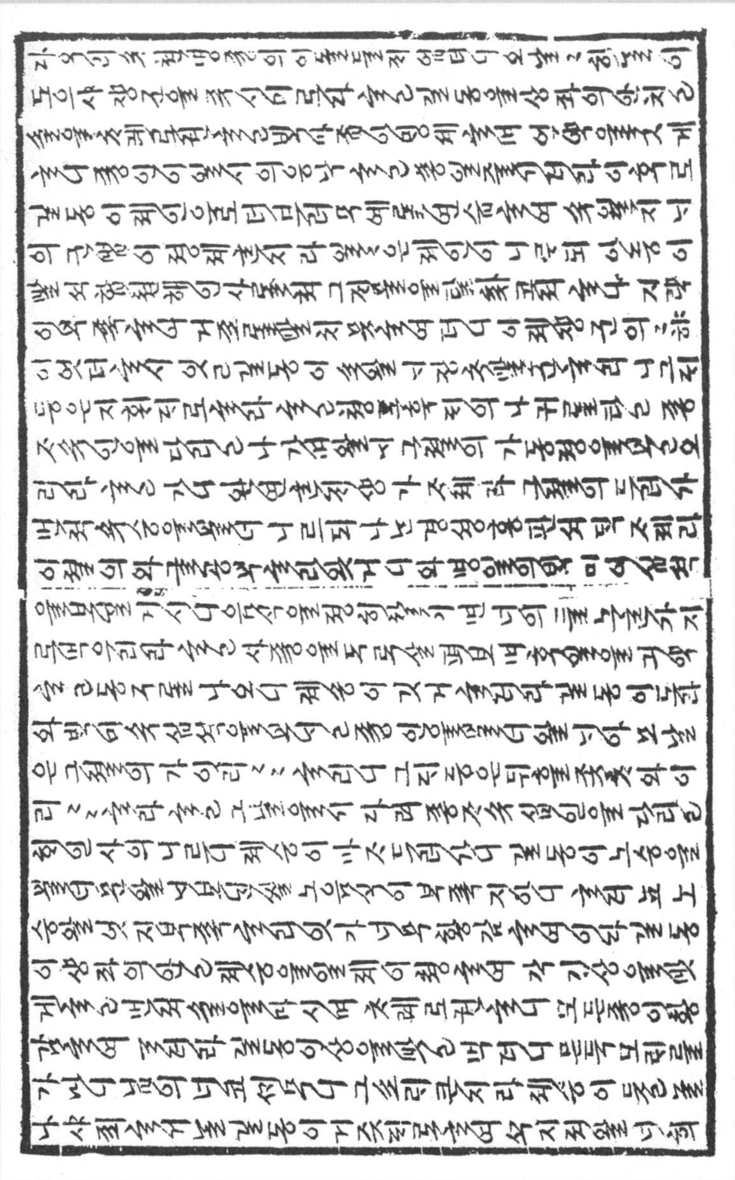

「홍길동전」 목판 방각본

동이 엇지 육식을 이다지 부졍케 ᄒᆞ뇨 ᄒᆞ이 ᄂᆞᆫᄉᆞᆫ 다시 신ᄒᆞ엿로
ᄒᆞ시리오 ᄒᆞ고 즁ᄌᆞ의게 분부ᄒᆞ여 졔승을 다 ᄒᆞᆫ 줄의 결
박ᄒᆞ여 안치니 사즁이 황겁ᄒᆞ여 아모리 ᄒᆞᆯ 줄 모로
ᄂᆞᆫ지라 이윽ᄒᆞ여 ᄃᆡ젹 슈ᄇᆡᆨ 여명이 일시의 다라드러 모든
지물을 다 졔 것 가져 가듯 ᄒᆞ니 졔승이 보고 다만 입으로
소리만 지를 ᄯᆞᄅᆞᆷ이라 이ᄯᆡ 불목ᄒᆞᆫ이 맛ᄎᆞᆷ 나갓다가
이런 일을 보고 즉시 관가의 고ᄒᆞ니 합쳔원이 듯고 관
군을 조발ᄒᆞ여 그 도젹을 잡으라 ᄒᆞ니 슈ᄇᆡᆨ 쟝교
젹의 뒤ᄒᆞᆯ ᄯᆞᆯ을ᄉᆡ 문득 보니 ᄒᆞᆫ 즁이 송낙을 쓰고 쟝
삼 닙고 뫼의 올나 웨여 왈 도젹이 져 북편 쇼로로 가니 ᄲᆞᆯ
니 가 잡으쇼셔 ᄒᆞ거ᄂᆞᆯ 관군이 그 졀 즁이 가ᄅᆞ치ᄂᆞᆫ 쥴로
알고 풍우 갓치 북편 쇼로로 ᄎᆞᄌᆞ 가다가 날이 져믈ᄆᆡ
잡지 못ᄒᆞ고 도라 가니라 길동이 졔젹을 남편 대로로
보ᄂᆡ고 졔 홀노 즁의 복식으로 관군을 속여 무ᄉᆞ히 굴
혈노 도라 오니 모든 사ᄅᆞᆷ이 발셔 지물을 슈탐ᄒᆞ여 왓
ᄂᆞᆫ지라 일시의 나와 사례ᄒᆞ니 길동이 쇼왈 쟝부가 이만
지죄 업ᄉᆞ면 엇지 즁인의 괴슈 되리오 ᄒᆞ더라 이후로 길
동이 ᄌᆞ호를 활빈당이라 ᄒᆞ여 됴션 팔도로 단니며 각읍
슈령이 불의로 지물이 잇ᄂᆞᆫ 시면 탈취ᄒᆞ고 혹 지빈무의
ᄒᆞᆫ 사ᄅᆞᆷ이 시면 구졔ᄒᆞ며 ᄇᆡᆨ셩을 침범치 아니ᄒᆞ고 나라의
쇽ᄒᆞᆫ 지물은 츄호도 범ᄎᆞ 아니ᄒᆞ니 이러므로 졔젹이 그
의취를 항복ᄒᆞ더라 일일은 길동이 졔인을 모호고 의논
왈 이졔 함경 감ᄉᆡ 탐관오리로 쥰민고퇴ᄒᆞ여 ᄇᆡᆨ셩이 다
견ᄃᆡ지 못ᄒᆞᄂᆞᆫ지라 우리 등이 그져 두지 못ᄒᆞ리니 그ᄃᆡ
등은 나의 지휘ᄃᆡ로 ᄒᆞ라 ᄒᆞ고 ᄒᆞ나식 흘너 드러가 아모
날 밤의 긔약을 졍ᄒᆞ고 남문 밧긔 불을 지르니 감ᄉᆡ ᄃᆡ
경ᄒᆞ여 그 불을 구ᄒᆞ라 ᄒᆞ니 관쇽이며 ᄇᆡᆨ셩들이 일시
의 다 나와 그 불을 구ᄒᆞᆯᄉᆡ 길동의 슈ᄇᆡᆨ 젹당이 일시의

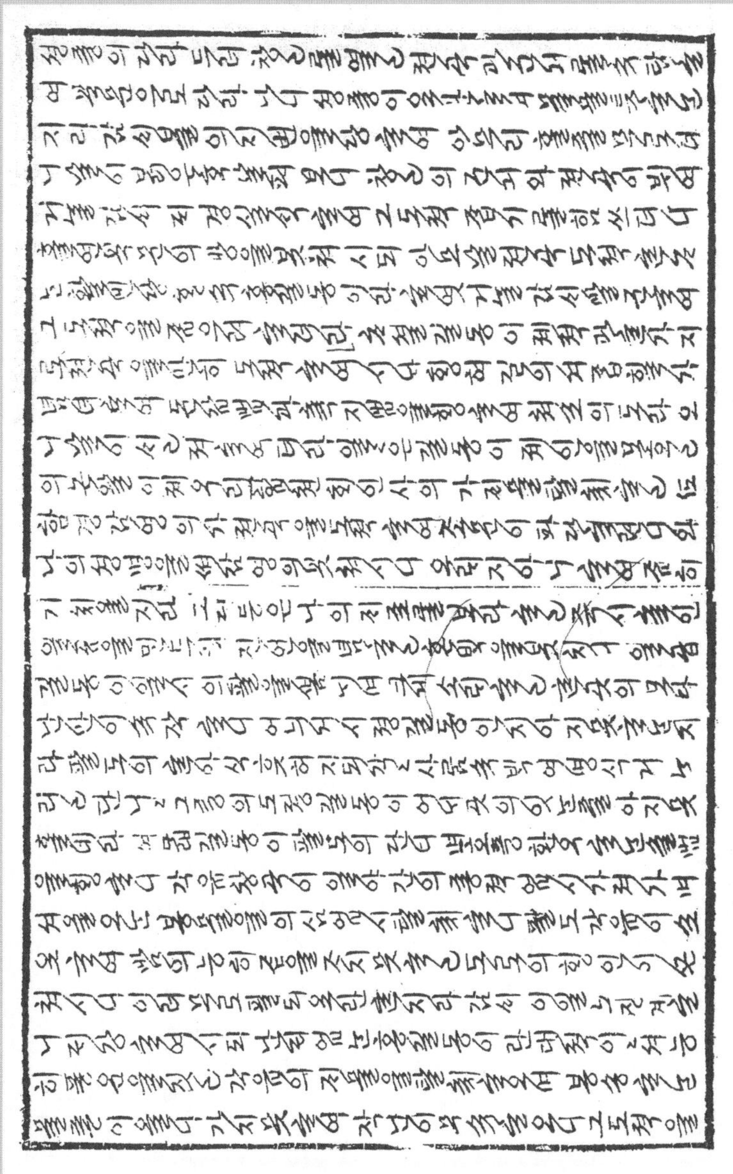

ᄒᆞ지 못ᄒᆞ오면 장ᄎᆞᆺ 어ᄃᆡ 지경의 니ᄅᆞᆯ 줄 이지 못ᄒᆞ올리
니 복망 셩샹은 좌우 포쳥으로 ᄌᆞ세ᄒᆞ소셔 ᄒᆞ엿더라
샹이 보시고 대경ᄒᆞ샤 포쟝을 명초ᄒᆞ실 시 연ᄒᆞ여
팔도 쟝계를 올니ᄂᆞᆫ지라 연ᄒᆞ여 셔허 보시니 도적
의 일홈이 다 홍길동이라 ᄒᆞ엿고 젼곡 일흔 일ᄌᆞᄅᆞᆯ
보시니 다 ᄒᆞᆫ날 ᄒᆞᆫ시라 샹이 크게 놀나샤 ᄀᆞᆯ오샤ᄃᆡ 이 도
적의 용밍과 술법은 녯날 치우라도 당치 못ᄒᆞ리로다
아모리 신긔ᄒᆞᆫ 놈인들 엇지 ᄒᆞᆫ 몸이 팔도의 잇셔 ᄒᆞᆫ날
ᄒᆞᆫ시의 도적ᄒᆞ리오 이ᄂᆞᆫ 심샹ᄒᆞᆫ 도적이 아니라 ᄌᆞᆸ기
어려오리니 좌우 포쟝이 발군ᄒᆞ여 그 도적을 ᄌᆞᆸ으라 ᄒᆞ
시니 이ᄯᆡ 우포쟝 니흡이 주왈 신이 비록 ᄌᆡ죄 업ᄉᆞ
오나 그 도적을 ᄌᆞᆸ아오리니 젼하ᄂᆞᆫ 근심 마ᄅᆞ소셔 이
제 좌우 포쟝이 엇지 병츌ᄒᆞ올이잇가 샹이 올히 녀기
샤 급히 발힝ᄒᆞᆷ을 지쵹ᄒᆞ시니 니흡이 하직ᄒᆞ고 허다
관졸을 거ᄂᆞ리고 발ᄒᆡᆼᄒᆞᆯᄉᆡ 각각 흣허져 아모ᄃᆡ 문경
으로 모도이믈 약속ᄒᆞ고 니흡이 약간 포졸 수삼인을
ᄃᆞ리고 변복ᄒᆞ고 ᄃᆞᆫ니더니 일일은 날이 져물믜 쥬졈
을 ᄎᆞᄌᆞ 쉬더니 문득 일위 소년이 나귀를 타고 드러와 뵈
거ᄂᆞᆯ 포쟝이 답녜ᄒᆞ니 그 소년이 문득 한숨지며 왈 보
쳔지하 막비왕토오 솔토지빈이 막비왕신이라 ᄒᆞ
니 소ᄉᆡᆼ이 비록 향곡의 이시나 국가를 위ᄒᆞ여 근심이
로소이다 포쟝이 거짓 놀나 왈 이 엇지 니ᄅᆞᆷ이뇨 소
년 왈 이제 홍길동이란 도적이 팔도로 ᄃᆞᆫ니며 작난ᄒᆞ
미 인심이 소동ᄒᆞ온지라 이놈을 ᄌᆞᆸ아 업시치 못ᄒᆞᄂᆞ니
엇지 분한치 아니리오 포쟝이 이 말을 듯고 왈 그ᄃᆡ 긔골
이 쟝ᄃᆡᄒᆞ고 언ᄉᆡ 츙직ᄒᆞ니 날과 ᄒᆞᆫ가지로 그 도적을 ᄌᆞᆸ
으미 엇더ᄒᆞ뇨 소년 왈 내 발셔 ᄌᆞᆸ고져 ᄒᆞ나 용력잇ᄂᆞᆫ 사
ᄅᆞᆷ을 엇지 못ᄒᆞ엿더니 이제 그ᄃᆡ를 만나시니 엇지 만힝

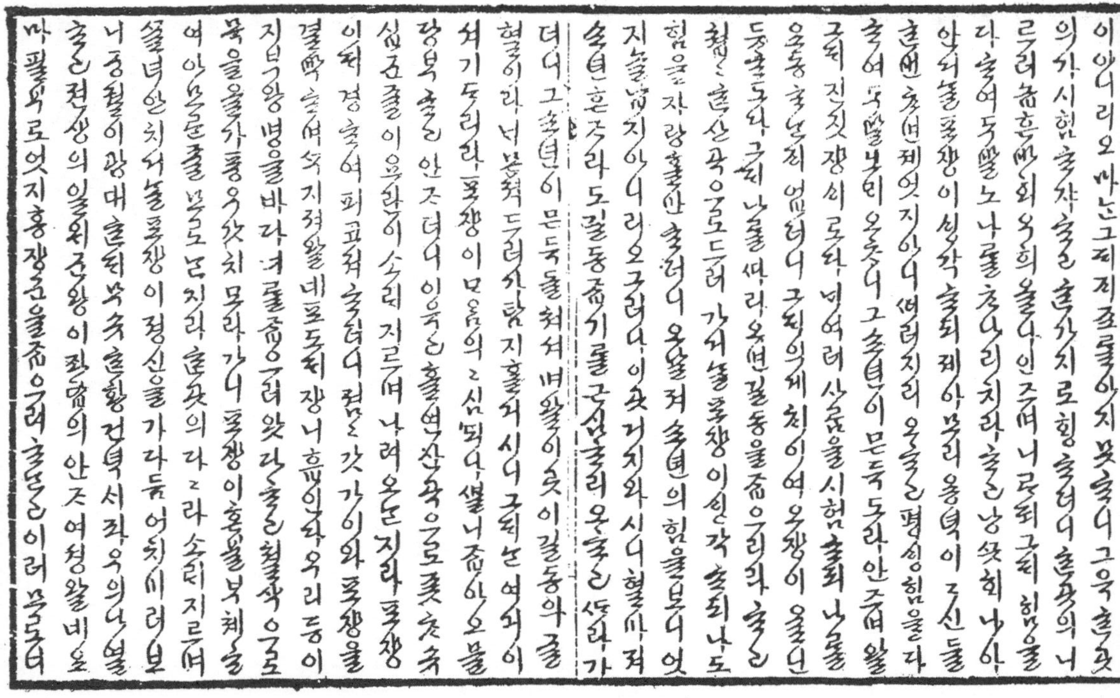
이아니라오마ᄂᆞᆫ그제져조롤ᄒᆞ지못ᄒᆞ니그욱ᄒᆞᆫᄯᅳᆺ
의가시험ᄒᆞ쟈ᄒᆞᆫᄒᆞᆫ가지로힝ᄒᆞ더니ᄒᆞᆫ곳의ᄂᆞ니
르러흡흔ᄯᅢ외옥의올나인ᄌᆞ며니ᄅᆞ되그ᄃᆡ힘ᄉᆞᆯ
다ᄒᆞ여독ᄯᅡᆯ노나ᄅᆞᆯᄎᆞᄂᆞ리치라ᄒᆞᆫ낭ᄉᆡᆨ히나아
아ᄃᆡ놀포쟝이싱각ᄒᆞ되제아무리용ᄆᆡᆨ이ᄌᆞ신들
ᄒᆞᆫ번ᄎᆞ변제엇지ᄒᆞ니셔러지리오ᄒᆞ고평ᄉᆡᆼ힘을다
ᄒᆞ여독ᄯᅡᆯ노ᄂᆡ리오ᄌᆞ니그ᄉᆞ년이문득도라안ᄌᆞ며왈
그ᄃᆡ진짓쟝ᄉᆡ로다ᄇᆡ여러사ᄅᆞᆷ을시험ᄒᆞ되나를
요동ᄒᆞᄂᆞᆫ쟈업더니그ᄃᆡ의게치이여오쟝이울닌
도ᄒᆞ도다그ᄃᆡ나를ᄯᆞ라오면길동을잡으리라ᄒᆞ고
쳡쳡ᄒᆞᆫ산곡으로드러가거ᄂᆞᆯ포쟝이싱각ᄒᆞ되나도
힘을자랑ᄒᆞᆯ만ᄒᆞ더니오ᄂᆞᆯ져ᄉᆞ년의힘을보니엇
지놀납지아니리오그러나이곳ᄭᆞ지와시니혈마져
ᄉᆞ년ᄒᆞᆫ쟈라도길동잡기를근심ᄒᆞ리오ᄒᆞ고ᄯᆞ라가
더니그ᄉᆞ년이문득돌쳐셔며왈이곳이길동의굴
혈이라너몬져드러가탐지ᄒᆞ리시니그ᄃᆡᄂᆞᆫ여긔이
셔기다리라포쟝이ᄆᆞᄋᆞᆷ의ᄀᆞ장의심되나ᄲᆞᆯ니잡아오믈
당부ᄒᆞ고안ᄌᆞ더니이윽ᄒᆞ여홀연ᄉᆞᆫ곡으로좃ᄎᆞ수
십군졸이요란이소ᄅᆡ지ᄅᆞ며ᄂᆞ려오ᄂᆞᆫ지라포쟝
이ᄃᆡ경ᄒᆞ여피코져ᄒᆞ더니졈졈갓가이와포쟝을
결박ᄒᆞ여ᄭᅮ지져왈네포도ᄃᆡ쟝니흡이냐우리등이
지부왕명을바다너를잡으러왓다ᄒᆞ고철삭으로
목을올가ᄆᆡ여풍우갓치몰라가니포쟝이혼불부쳬ᄒᆞ
여아모ᄃᆡ로간지라ᄒᆞᆫ곳의다ᄃᆞ라소ᄅᆡ지ᄅᆞ며
ᄭᅮᆯ녀안치거ᄂᆞᆯ포쟝이졍신을가다듬어치미러보
니궁궐이광대ᄒᆞᆫᄃᆡ무수ᄒᆞᆫ황건역ᄉᆡ좌우의나열
ᄒᆞᆫᄌᆞᆫ젼상의일위군왕이좌탑의안ᄌᆞ여셩왈네요
마필부로엇지홍쟝군을잡으려ᄒᆞᄂᆞᆫ이러므로너

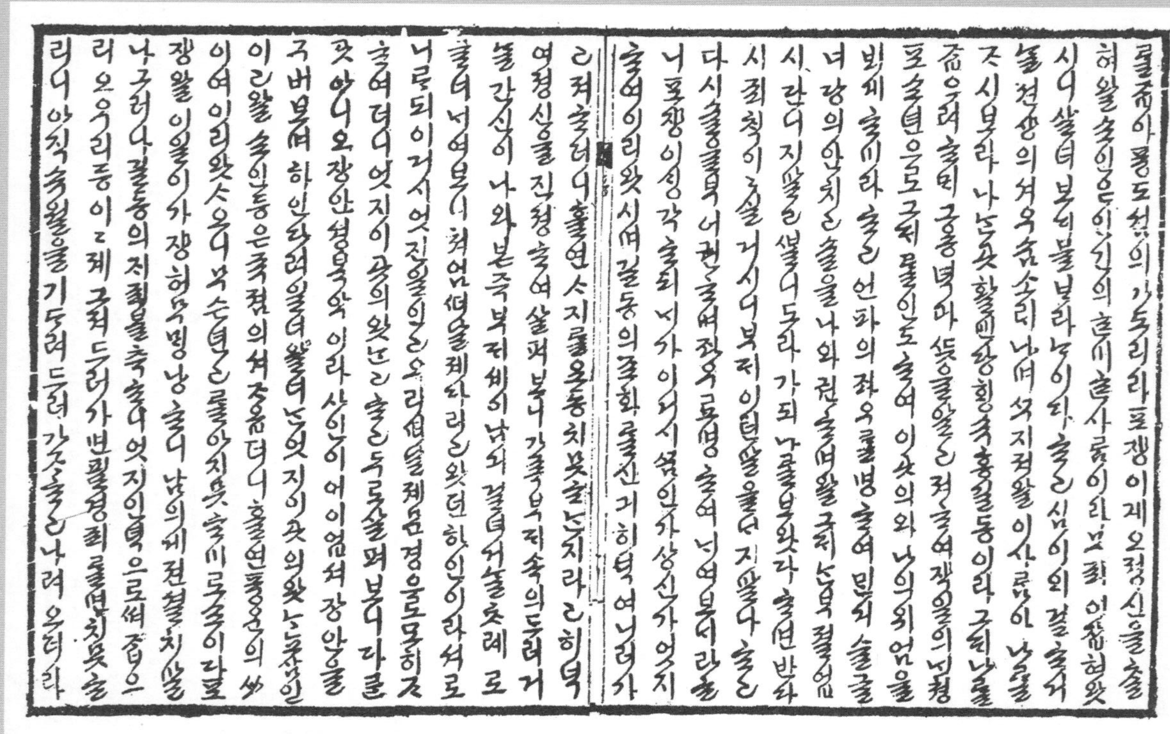

ᄅᆞᆯ ᄎᆞᆷ아 몽도셥의 가독리라 포쟝이 제오졀 신을 ᄎᆞ
혀왈 ᄉᆞᄅᆞᆷ이 인간의 ᄂᆞᆫ 씨 ᄒᆞᆫ 사ᄅᆞᆷ이라 노쳐 이ᄌᆞᆸ헛왓
시니 살녀 보니 불 보라 누이라 ᄒᆞᄂᆞᆫ 심이 외 걸ᄒᆞ거
ᄂᆞᆯ 쳔샹의 셔옥 ᄎᆞᆷ 소리 나며 ᄊᆞᆨ지져 왈 이 사ᄅᆞᆷ이 나ᄂᆞᆯ
ᄌᆞ시 보라 나ᄂᆞᆫ 쏫활ᄲᅵᆫ 광횡ᄎᆞᆨ 홍길동이라 ᄀᆞ되 나ᄅᆞᆯ
ᄌᆞᆸ우려 ᄒᆞ되 궁궁벽마 ᄯᅳᆺ을 알ᄂᆞᆫ 져ᄒᆞ여 쟉을의 넉쳥
포ᄉᆞᆨ 뎐으로 ᄀᆞ져 물인ᄃᆞ ᄒᆞ여 이ᄉᆞᆺ의와 나의 외 업을
비ᄊᆡ ᄒᆞ미라 ᄒᆞᄂᆞᆫ 언파의 좌우ᄅᆞᆯ 병ᄒᆞ여 민ᄃᆡ ᄉᆞᆯ굴
녀 낭의 안치ᄂᆞᆫ ᄉᆞᆯ을 나와 권ᄒᆞ며 왈 그ᄃᆡ ᄂᆞᆫ부 졀ᄒᆞᆸ
시ᄂᆞᆫ 단니지 말ᄂᆞᆫ ᄉᆞᆯ니 도라 가되 나ᄅᆞᆯ 보왓다 ᄒᆞ며 반ᄃᆞ
시 죄칙이 ᄒᆞᆯ 거시니 부ᄃᆡ 이ᄯᅳᆺ을 ᄋᆞᆯ ᄂᆞᆫ 지ᄆᆞᆯ나 ᄒᆞᄂᆞᆫ
다시 ᄒᆞᄅᆞᆯ 붓 어 권ᄒᆞ며 좌우로 명 ᄒᆞ여 너여 보니라 ᄒᆞᆫ
니 포쟝이 ᄉᆡᆼ각 ᄒᆞ되 ᄂᆡ가 이 되시 ᄭᅮᆷ인가 상신가 어지
ᄒᆞ여 이리 왓시며 길동의 ᄌᆡ화ᄅᆞᆯ ᄎᆞᆫ 귀 ᄒᆞ며 여ᄂᆡ려 가
ᄅᆞ져 ᄒᆞ더니 홀연 ᄉᆞ지ᄅᆞᆯ 옴ᄶᅩᆨ 치 못ᄒᆞᆯ ᄂᆞᆫ지라 ᄀᆞ히 녀
여 졍신을 진졍 ᄒᆞ여 살펴 보니 가족부ᄃᆡ 속의 드러 거
ᄂᆞᆯ 간신이 나와 보ᄂᆞᆫ 즉 부ᄃᆡ 세히 남되 걸녀 ᄂᆞᆯ ᄎᆞ레로
ᄒᆞᆯ녀 ᄂᆡ여 보니 쳐엄 ᄯᅥ날 ᄯᆡ 졔타 ᄒᆞ라ᄂᆞᆫ 왓던 하인이러라 셔로
니ᄅᆞ되 이거시 엇진 일이 ᄂᆞᆫ 오라 ᄯᅥᆯ 졔 몸 경울로 몰ᄒᆞ지 ᄎᆞ
ᄒᆞ여 ᄃᆞᄂᆞ니 엇지 이 곳의 왓ᄂᆞᆫᄀᆞ ᄒᆞᆫᄃᆞ 독로 살펴 보니 다ᄅᆞᆫ
곳 아니오 쟝안 셩 북악 이라 상인이 어이 업셔 장안을
구버 보며 하인 다려 일너 왈 ᄂᆡ 엇지 이 곳의 왓ᄂᆞᆫ 동ᄉᆞᆼ 인
이 ᄅᆞᆫ 왈 ᄉᆞ인 등은 ᄎᆞᆨ졈의 셔 ᄌᆞᆷ을 ᄌᆞᆷ더니 홀연 ᄑᆞᆼ운의 ᄊᆞ
이여 이리 왓ᄉᆞ오니 뭇ᄉᆞᆫ 변을 아지 못ᄒᆞ미로소이다 포
쟝 왈 이 일이 가 장 허무 맹낭 ᄒᆞ니 남의게 젼셜치 말
나 그러나 길동의 ᄌᆡ조ᄅᆞᆯ 측ᄒᆞ니 엇지 인력 으로써 ᄌᆞᆸ으
리오 우리 등이 이제 그져 드러 가면 필경 죄ᄅᆞᆯ 면치 못ᄒᆞᆯ
리니 아직 슈월을 기도려 드러 가ᄌᆞᄒᆞ고 나려 오더라

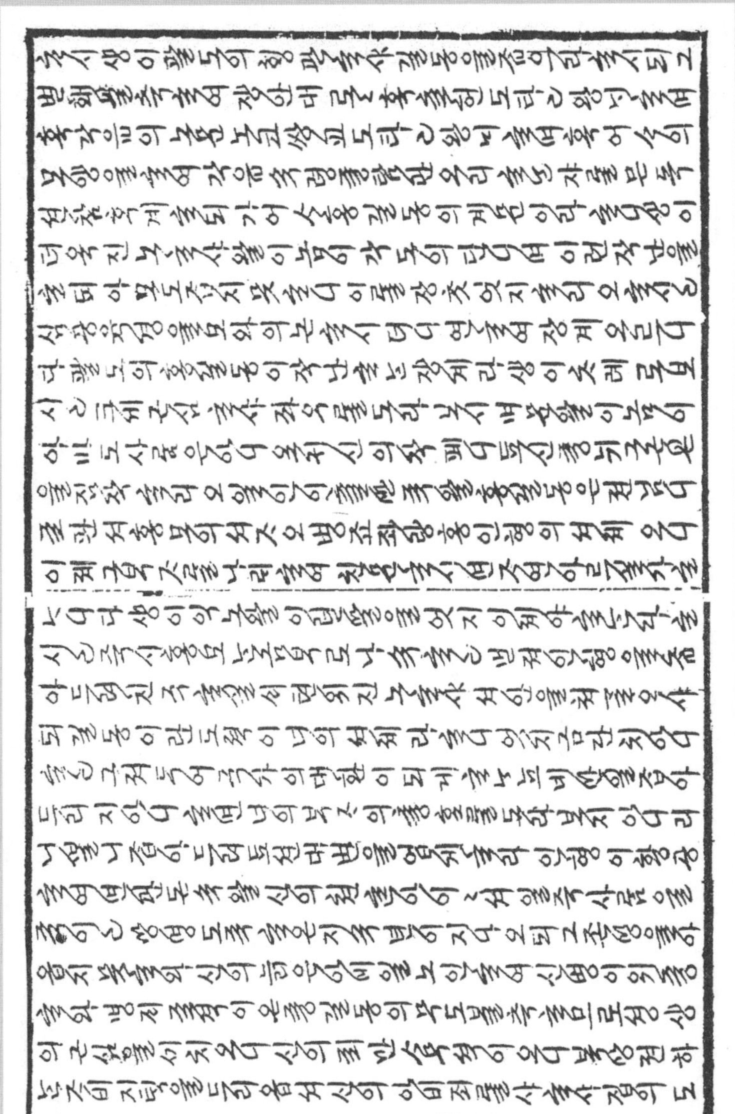

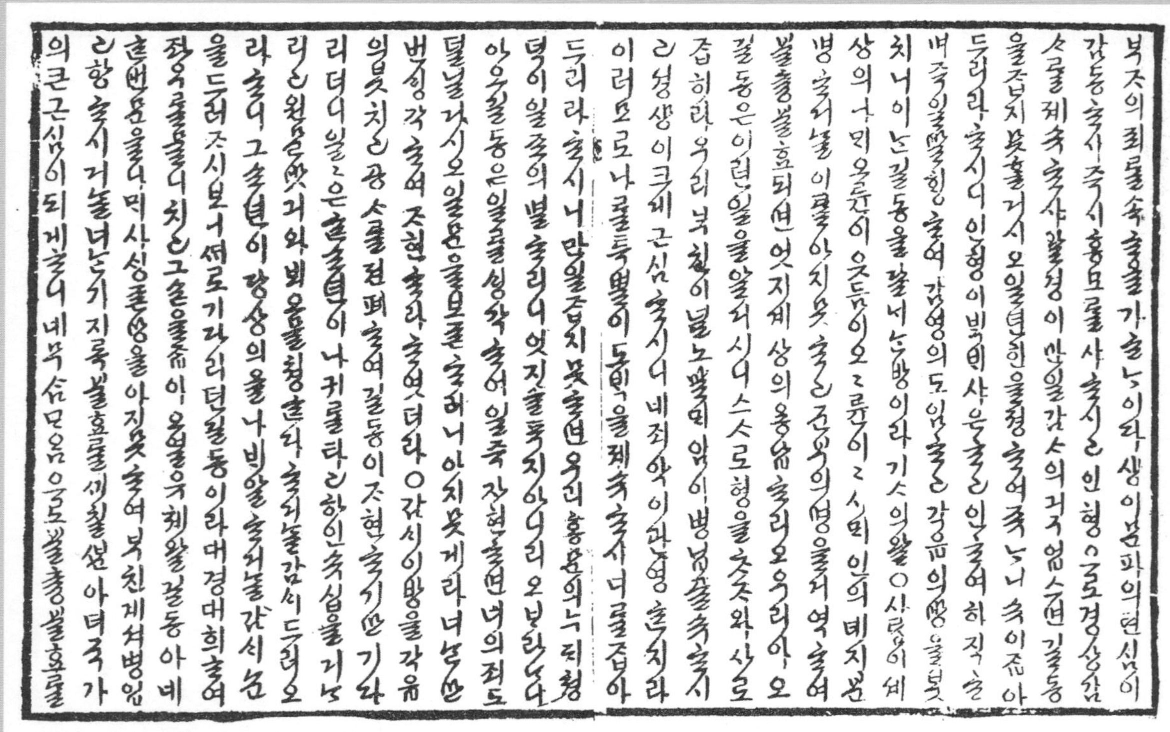
복ᄌᆞ의죄ᄅᆞᆯ속ᄒᆞᆯ가ᄒᆞᄂᆞ이다생이ᄇᆞᆷ파의편심이
감동ᄒᆞ사즉시홍모ᄅᆞᆯ사ᄒᆞ시ᄆᆞᆫ인형으로경상감
ᄉᆞᄅᆞᆯ제ᄉᆞᄒᆞ사ᄎᆞᆯ셩이만일갈ᄉᆞ의거ᄌᆞᆺ업ᄉᆞ면길동
을잡지못ᄒᆞᆯ거시오일년한을졍ᄒᆞ여쟉ᄂᆞ니ᄉᆞ이죱아
드리라ᄒᆞ시다이형이ᄇᆞᆨ비사은ᄒᆞᆫ인ᄒᆞ여하직ᄒᆞ
내즉일발ᄒᆞᆼᄒᆞ여감영의도임ᄒᆞᆫ각읍의ᄲᆞᆼ을붓
치니이ᄂᆞᆫ길동을잘내ᄂᆞᆫ방이라기ᄉᆞ의왈○사ᄅᆞᆷ이셰
상의나매오륜이읏듬이오ᄅᆞ륜이ᄅᆞ스매인의례지분
병ᄒᆞ거ᄂᆞᆯ이ᄅᆞᆯ아지못ᄒᆞᆫ군부의명을거역ᄒᆞ여
불충불효되면엇지셰상의용납ᄒᆞ리오우리아오
길동은이런일을알니시니스스로형을ᄎᆞᄌᆞ와사로
잡히라우리부친이날노ᄲᆞᆨ미압이병님ᄒᆞᆯ슈ᄒᆞ시
ᄅᆞᆫ셩상이크게근심ᄒᆞ시니네죄악이관영ᄒᆞᆫ지라
이러므로나ᄅᆞᆯ특별이도백을제ᄉᆞᄒᆞ사너ᄅᆞᆯ잡아
드리라ᄒᆞ시니만일잡지못ᄒᆞ면우리홍문의누대청
덕이일조의ᄇᆞᆯᄒᆞ리니엇지슬프지아니리오ᄇᆞ라노라
아우길동은일을심량ᄒᆞ여일즉자현ᄒᆞ면너의죄도
덜닐ᄲᆞᆫ더러일문을보존ᄒᆞ리니아지못게라너ᄂᆞᆫ만
번생각ᄒᆞ여자현ᄒᆞ라ᄒᆞ엿더라○감사이방을각읍
의붓치ᄆᆞᆫ공ᄉᆞᄅᆞᆯ전폐ᄒᆞ여길동이자현ᄒᆞ기ᄅᆞᆯ기다
리더니일일은ᄒᆞᆫ소년이나귀ᄅᆞᆯ타ᄆᆞᆫ하인ᄉᆞ십을거ᄂᆞ
리ᄂᆞᆫ원문밧긔와뵈옴을청ᄒᆞᆫ다ᄒᆞ거ᄂᆞᆯ감ᄉᆞ드리라ᄒᆞ오
라ᄒᆞ니그소년이당상의올나빈알ᄒᆞ거ᄂᆞᆯ감사눈
을드러자시보니셔로기다리던길동이라대경대희ᄒᆞ여
좌우ᄅᆞᆯ믈니치ᄆᆞᆫ그손을잡고이울며왈길동아네
ᄒᆞᆫ번문을나미사싱존망을아지못ᄒᆞ여부친께셔병입
ᄂᆞᆷᄒᆞ시거ᄂᆞᆯ너ᄂᆞᆫ가지록불효ᄅᆞᆯ씨칠ᄲᆞᆫ아녀국가
의큰근심이되게ᄒᆞ니네무ᄉᆞᆷ마음으로불충불효ᄅᆞᆯ

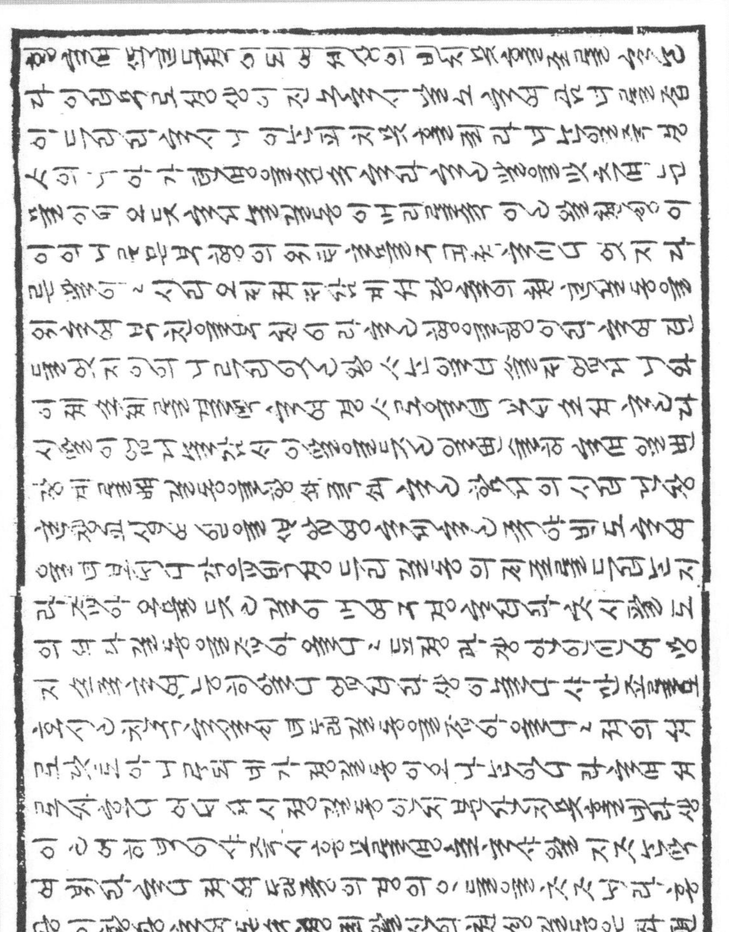

「홍길동전」 목판 방각본

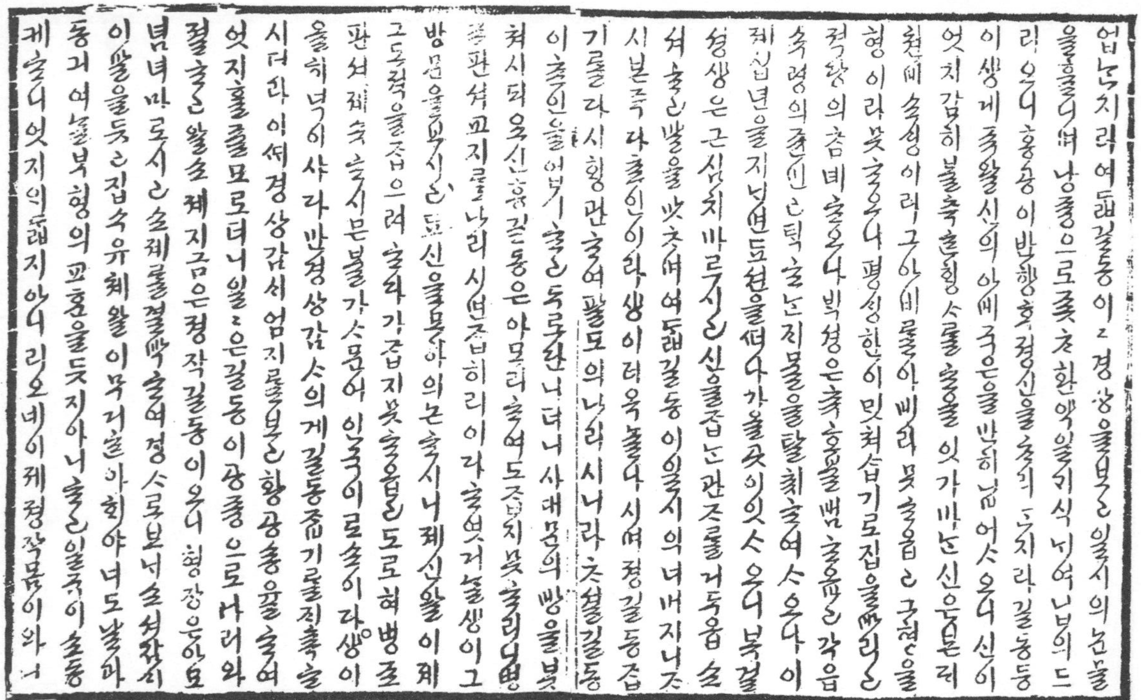

업ᄂᆞᆫ지라 여ᄃᆞᆲ 길동이 ᄒᆞ 경ᄉᆡᆼ을 ᄒᆞ보ᄂᆞᆫ 일시의 ᄂᆞᆫ올
울ᄒᆞᆯ니며 낭ᄌᆞᆼ으로 ᄌᆞᆺ처 환약일을 미식니여 니부의 드
리오니 홍승이 반ᄒᆡᆼᄒᆞ야 경신을 ᄎᆞ려 ᄀᆞ치라 길동등
이 생계 ᄌᆞ왈 신의 아비 국은을 밧ᄌᆞ와 넘어스오니 신이
엇치 감히 불측ᄒᆞᆫ 횡ᄉᆞ를 ᄒᆞ올 잇가마ᄂᆞᆫ 신은 본ᄃᆡ
쳔비 소생이라 그 아비를 아비라 못ᄒᆞᆸ고 그 형을
형이라 못ᄒᆞ오니 평생 한이 ᄆᆡᆺ쳐삽기로 집을 ᄇᆞ리고
젹당의 참예ᄒᆞ오나 ᄇᆡᆨ셩은 츄호를 범ᄒᆞᆷ이 ᄀᆞᆨ읍
ᄉᆞᄅᆞᆼ의 ᄌᆡ물은 탈ᄒᆞ노니 지물을 탈취ᄒᆞ여ᄉᆞ오나 이
제 십년을 지나면 조션을 ᄯᅥ나가 올 곳이 잇ᄉᆞ오니 복걸
셩상은 근심치 마르시고 신을 잡는 관ᄌᆞ를 거두옵소
셔 ᄒᆞᆫ 말을 ᄆᆞᆺ초며 여ᄃᆞᆲ 길동이 일시의 너머지니 ᄌᆞ
시 본즉 다 초인이라 상이 더옥 놀나시며 졍길동 잡
기를 다시 힝관ᄒᆞ여 팔도의 나리시니라 ᄎᆞ셜 길동
이 초인을 어ᄇᆡ ᄒᆞᆫ 독로 ᄒᆞᆫ니더니 사대문의 방을 붓
쳐시되 요신 홍길동은 아모리 ᄒᆞ여도 잡지 못ᄒᆞ리니 병
조판셔 교지를 나리시면 잡히리이다 ᄒᆞ엿거ᄂᆞᆯ 상이 그
방문을 보시고 되 신을 보야 의논ᄒᆞ시니 졔신왈 이제
그 도적을 잡으려 ᄒᆞ다가 잡지 못ᄒᆞ옵고 도로혀 병조
판셔 졔슈ᄒᆞ시믄 불가ᄉᆞ문어 인국이 로ᄉᆞᆯ이 다ᄉᆡᆼ이
올히 넉이사 다만 경상 감ᄉᆞ의게 길동 잡기를 ᄌᆡ촉ᄒᆞ
시더라 이ᄯᅢ 경상 감ᄉᆡ 엄지를 보ᄋᆞᆫ 황공ᄒᆞ믈 ᄒᆞ여
엇지홀 쥴 모로더니 일일은 길동이 공중으로 ᄂᆞ려와
졀ᄒᆞᆫ 왈 소졔 지금은 졍작 길동이오니 형장은 아모
념녀 마ᄅᆞ시고 소졔를 결박ᄒᆞ여 경ᄉᆞ로 보ᄂᆡ소셔 감ᄉᆡ
이 ᄯᆞᆯ을 듯고 집ᄉᆞ유 쳬왈 이 무지ᄒᆞᆫ 아ᄒᆡ야 너도 날과
동긔여ᄂᆞᆯ 부형의 교훈을 듯지 아니ᄒᆞ고 일국이 소동
케 ᄒᆞ니 엇지 이ᄃᆞᆲ지 아니리오 네 이제 정작 몸이 와 나

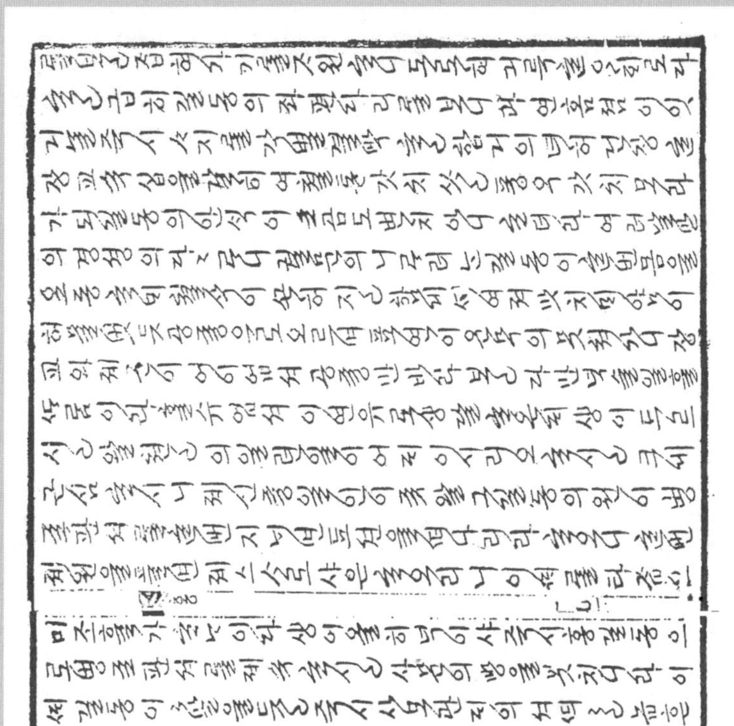

「홍길동전」 목판 방각본

지ᄌᆞᆫ ᄅᆞ금의 희한ᄒᆞᆫ도다 졔지금됴션을ᄯᅥ나 ᄂᆞ라ᄒᆞ
여시니 다시ᄂᆞᆫ착 폐ᄒᆞᆯ길 업ᄉᆞᆯ 거시오 비록 ᄎᆞ상ᄒᆞ나
일ᄌᆞᆫ 쟝부의 쾌ᄒᆞᆫ 모ᄋᆞᆷ 이 잇ᄂᆞᆫ지라 ᄌᆞ히 념녀 업ᄉᆞᆯ
ᄂᆞᆺ다 ᄒᆞ시ᄂᆞᆫ 팔도의 사ᄆᆞᆫ을 ᄂᆞ리와 길동 잡ᄂᆞᆫ 공ᄉᆞ를
거두시니라 각셜 길동이 졔곳의 도라와 졔젹의게 분
부ᄒᆞ되 내 잠ᄭᆞᆫ 다녀올 곳 이 ᄋᆞ시니 녀 등은 아모ᄃᆡ 츌닙ᄒᆞᆯ
ᄅᆞ 니 도라오기를 기ᄃᆞ리라 ᄒᆞᆫ ᄌᆞ시 몸을 소ᄉᆞ와 남경
으로 향ᄒᆞ여 가다가 ᄒᆞᆫ 곳의 다ᄃᆞ르니 이ᄂᆞᆫ ᄉᆞ위 률도
국 이란 사변을 살펴 본니 산쳔이 쳥ᄉᆞ ᄒᆞᆫ 인물이
번셩 ᄒᆞ여 가히 안신 ᄒᆞᆯ 곳 이라 ᄒᆞᆫ 남경의 드러가
구경 ᄒᆞ며 ᄯᅩ 졔도라 ᄒᆞᄂᆞᆫ 셤즁의 드러가 두로 ᄃᆞᆫ니며
산쳔도 구경 ᄒᆞᆫ 인심도 살피며 ᄃᆞᆫ니더니 오봉산
의 니르러 ᄂᆞᆫ 진짓 졔일강산이라 주회 칠ᄇᆡᆨ니 오옥
야 ᄯᆞᆷ이 가득 ᄒᆞ여 살기의 졍 이의 합ᄒᆞᆫ지라 니심의 혜
오되 내 임의 됴션을 하직 ᄒᆞ여 시니 이곳의 와 아직 은거
ᄒᆞ여 다가 대ᄉᆞ를 도모 ᄒᆞ리라 ᄒᆞᆫ 표연이 본곳의 도
라와 졔인 ᄃᆞ려 일너 왈 그ᄃᆡ 아모 날 양쳔 강 변의 가
ᄇᆡ를 만히 지어 모월 모일의 경셩 한강의 ᄃᆡ령 ᄒᆞ라
내 님금ᄭᅴ 쳥 ᄒᆞ여 졍조 일쳔셕을 구득 ᄒᆞ여 올거시니
긔약을 어긔지 말나 ᄒᆞ더라 각셜 홍공 이 길동이 작난
업ᄉᆞ무로 신병이 쾌ᄎᆞ ᄒᆞᆫ 싱이 ᄯᅩᄒᆞᆫ 근심 업ᄉᆞ시지ᄂᆡ
더니 ᄎᆞ시 ᄒᆞᆫ 구월 망간 의 상이 월ᄉᆡᆨ을 ᄯᅴ여 후원의
ᄇᆡ회 ᄒᆞ실ᄉᆡ 문득 일진 쳥풍 이 니러나며 공즁으로셔
옥져 소리 쳥아 ᄒᆞᆫ가 온ᄃᆡ ᄒᆞᆫ 소년이 나려와 상긔 복지
ᄒᆞ거ᄂᆞᆯ 상 이 경문 왈 션동 이 엇지 인간의 강굴ᄒᆞ며 무
ᄉᆞᆷ 일을 니ᄅᆞᆫ져 ᄒᆞᄂᆞ뇨 소년이 복지 주왈 신은 젼임
병조판셔 홍길동 이로소이다 상이 경문 왈 네 엇지 심야
의 온다 길동이 ᄃᆡ왈 신이 젼하를 ᄡᅥᆺ드러 만세를 뫼

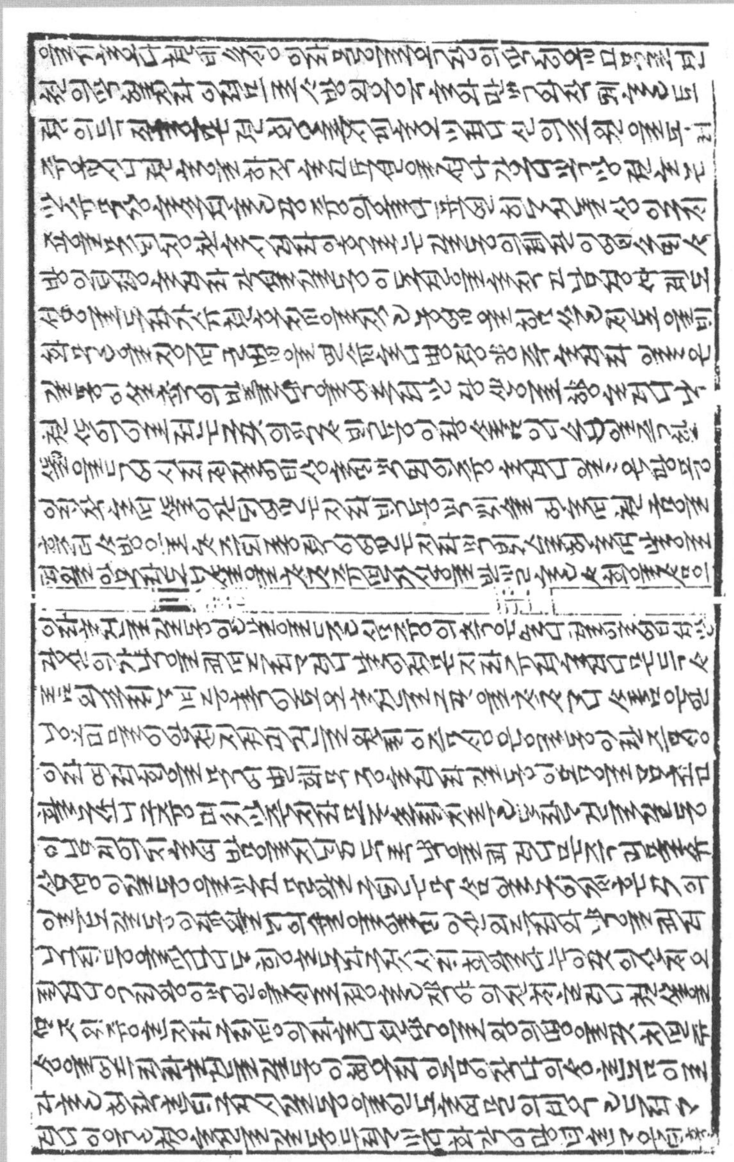

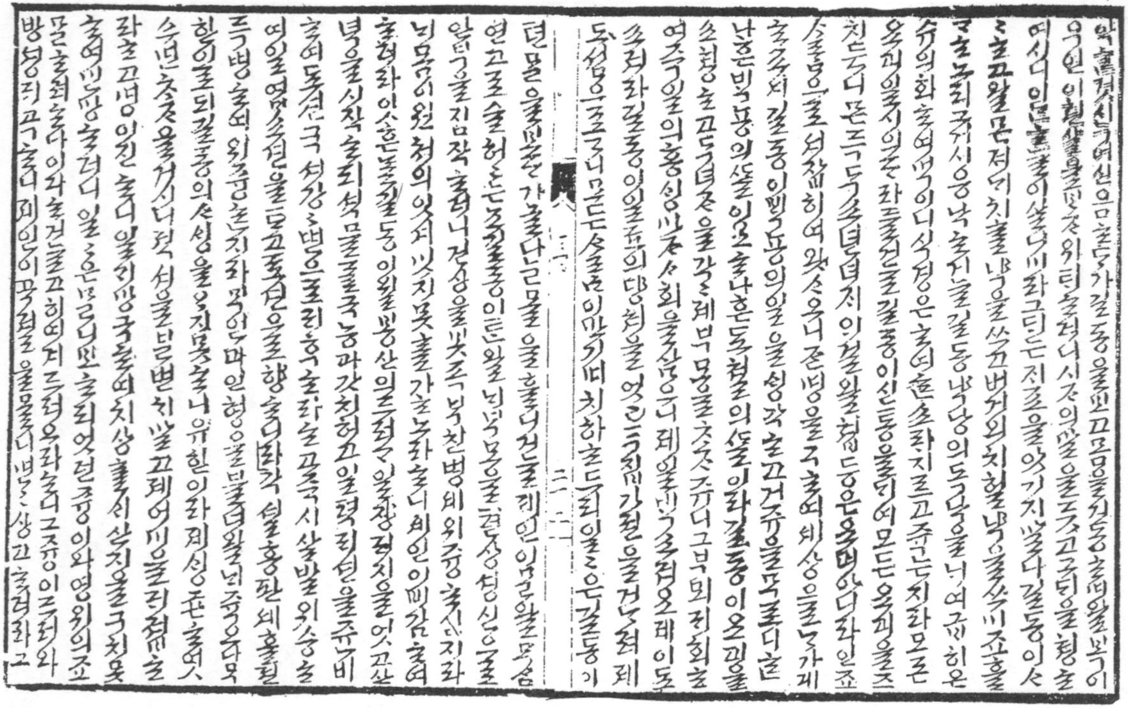
약ᄒᆞᆯ[illegible]시긔여신으며ᄒᆞᄃᆞ가길동을ᄯᅩ모ᄒᆞᆷ을지동ᄒᆞ더니왈[illegible]이
우인이[illegible]위티ᄒᆞ려니시ᄌᆞ의ᄯᅳᆺ을ᄀᆞᆺ고ᄀᆞ티을칭ᄒᆞ
여시니인ᄒᆞ여ᄒᆞᆼ이ᄉᆞᆯ나ᄭᅴ와ᄀᆞ티ᄂᆞᆫ지조을앗기지ᄯᅳᆺ나길동이ᄉᆞ
ᄉᆞᄒᆞ고왈므른져ᄃᆡ치ᄒᆞᄂᆞᆫᄂᆞᆼ을쓰고버거외치ᄒᆞᆫᄂᆞᆼ을쓰ᄆᆡ죠ᄒᆞᆯ
ᄀᆞᄒᆞ쥬리국시ᄉᆞᆼ낙ᄒᆞ지ᄂᆞᆯ길동ᄂᆞᆨ당의도ᄀᆞ당을니어ᄌᆞᆷ히온
ᄉᆔ의화ᄒᆞ여ᄇᆡᆨ이니식졍은ᄒᆞ여ᄉᆞ좌지ᄌᆞ고ᄌᆞ군ᄂᆞᆫ지라모ᄃᆞᆫ
옥ᄌᆡ일ᄒᆞᆷ지의ᄌᆞᆫ좌ᄌᆞ[illegible]길동이신동을ᄒᆞ여모든옥ᄌᆡ을ᄌᆞ
친ᄃᆞ니ᄯᅩᆫᄌᆞᄀᆞ도ᄀᆞ[illegible]지의결왈쳡ᄃᆞᆼ은옥ᄃᆡᄒᆞ다ᄌᆞ라인죠
ᄉᆞᄒᆞᆷ으로셔잡히여왁ᄉᆞ오니ᄌᆞᆫ빙을구ᄒᆞ여쇠상을ᄂᆞ가게
ᄒᆞᄉᆞ셔길동이ᄇᆡᆨ룡의일을싱각ᄒᆞ고거쥬을무ᄒᆞᆫ니ᄒᆞ
남은빅룡의ᄯᆞᆯ이오ᄒᆞ나흔도쳘의ᄯᆞᆯ이라길동이오ᄆᆡᆼ을
ᄉᆞ위ᄒᆞ고ᄌᆞᄀᆡ을각졔부몽을ᄎᆞᄌᆞ쥬니그부뫼ᄌᆡ회ᄒᆞ
여ᄌᆞ일의홍싱ᄊᆡᄉᆞ회을삼으니졔일ᄇᆡᆨ구쳐오ᄅᆡ이도
ᄉᆞ라길동이일ᄌᆞ의당쳔을엇ᄂᆞ갸쳘을거ᄂᆞ려졔
도셥우ᄌᆞ국니모든ᄉᆞ름이마기ᄂᆡ치하ᄒᆞᄃᆞ라일을은길동이
뎐몰을ᄒᆞᄯᅩᄒᆞᆫ가ᄒᆞ다니몰을ᄒᆞ니젼을졔인이ᄋᆞ왈모ᄉᆞᆷ
연고로ᄉᆞᆯ허ᄒᆞᆫ요ᄌᆞᆼ길동이ᄐᆞ왈ᄂᆡᄇᆡᆨ모울졍ᄌᆞᆼ싱신ᄋᆞ로
압ᄀᆡ울집작ᄒᆞ려니젼상울빗ᄌᆞ복찬병ᄃᆡ외ᄀᆞᆼᄒᆞ신지라
니모ᄋᆞᆷ이원쳐의잇셔ᄭᅵ지못ᄒᆞᆯ가ᄒᆞ노라ᄒᆞ니쇠인이ᄯᅵ감ᄒᆞ여
ᄒᆞ려라이ᄉᆞᆷ은ᄇᆞᆯ길동이외ᄇᆞᆯ봉산의ᄌᆞ려ᄉᆞ일ᄌᆞᆼ뎍지울엇고산
녕을시작ᄒᆞ되셕ᄆᆞᆯᄌᆞᆯ국능과갓치ᄒᆞ고일뎍리뎐울쥬구비
ᄒᆞ여도셧국셕강ᄃᆞ뎐으로리ᄒᆞ혹ᄒᆞ라ᄒᆞᄭᅳᆯᄌᆞ국시살발외ᄉᆞᆼᄒᆞ
여일을연ᄉᆞᆫ셔울므모고ᄌᆞ뎐을ᄒᆞ향ᄒᆞ니ᄃᆡ각셜홍판쇠ᄒᆞ뎍
ᄃᆞ병ᄒᆞ여외쥬ᄒᆞ지라ᄭᅩᆨ어며안형으로므ᄃᆞ왈ᄂᆡᄌᆞᆼ우다못
ᄒᆞᆫ이로되길동의ᄉᆞ싱을오지못ᄒᆞ니유한이라졔성ᄌᆞᆫᄒᆞ여ᄉᆞ
ᄉᆞ년ᄎᆞᄌᆞ울ᄭᅥ시니ᄌᆞᆨ션울ᄃᆞᄇᆡᆫ치ᄯᅡᆯ고졔어ᄭᅵ울리쳡ᄒᆞ
라ᄒᆞ고ᄯᅥᆼ인진ᄒᆞ니일리ᄯᅡᆼ국ᄒᆞ여치상ᄒᆞᄉᆞ산지울구치못
ᄒᆞ여ᄭᅴ당ᄒᆞ려니일ᄒᆞᆫ은ᄇᆡ러니ᄯᅩᄒᆞ리엇뎐ᄌᆞᆼ이와영위의죠
문ᄒᆞ쥐ᄒᆞ다이라ᄒᆞ건ᄂᆞᆯ고히ᄋᆡ지ᄃᆞ려우라ᄒᆞ니그ᄌᆞᆼ이ᄃᆞ려와
방ᄉᆞᆼ뎍고ᄀᆞᄒᆞ니졔인이ᄭᅮᆨ쳐울몰ᄒᆞ니ᄲᅡᆫᄉᆞᆼ간ᄒᆞ려라그

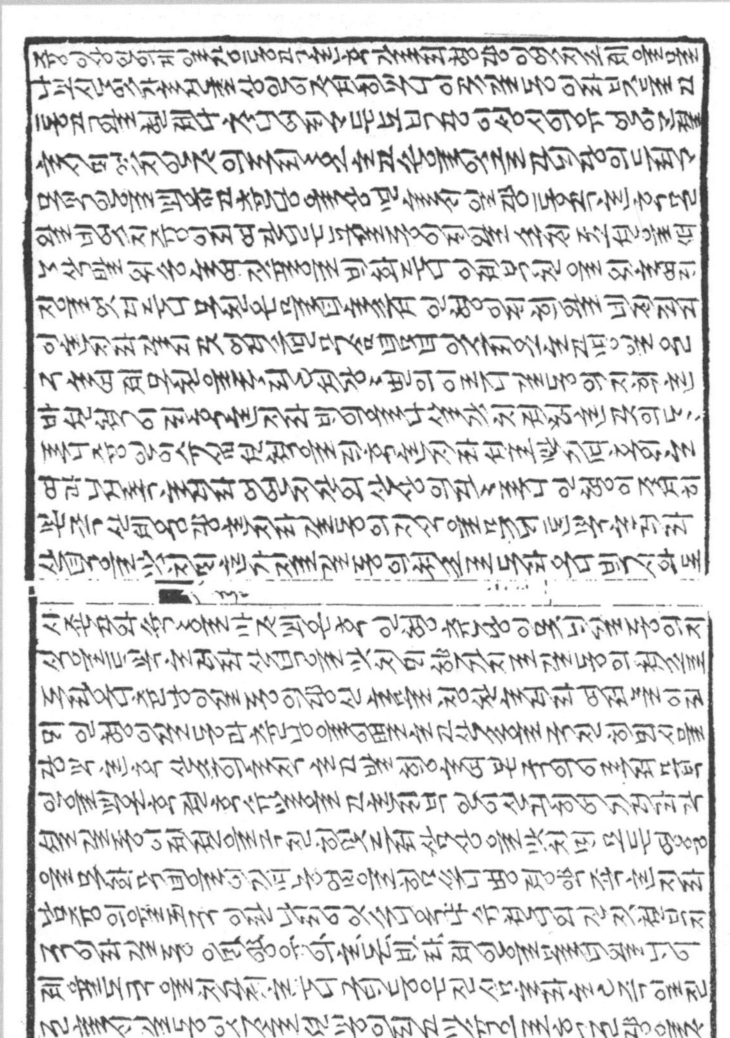

모ᄌᆞ 싸화 알ᄒᆞᆸ더니 감쳘ᄌᆞᆼ을 버히고 쳘ᄌᆞᆼ을 엇더니 ᄐᆡᆨ뎡을 ᄒᆞᆫ무ᄒᆞᆯ
고뎡ᄒᆞ고 쳘봉을 직희오고 진군을 휘동ᄒᆞ여 녀ᄌᆞ뎡ᄌᆞᆼ을
치ᄃᆡ 서적서울 유ᄒᆞᆯ도국의 명ᄃᆡ니ᄒᆞ여 스되○의 명광 홍길동은
ᄀᆞᆯ외ᄒᆞᆼ을 유ᄅᆞᆯ 도ᄌᆞᆼ왕의 세ᄇᆡ곽치ᄂᆞᆫ니 지쳐 남ᄌᆞ온 ᄒᆞᆫ ᄉᆞ졸의 님군
이 이다오 뎐하ᄉᆞ ᄌᆞᄆᆞ외 ᄃᆞ군이라 되ᄂᆞᆫ 뎐병을 빗ᄂᆞᆫ 기뻥허미 무쳔
현ᄇᆞᆯᄇᆞᆼ을 작ᄒᆞᆫ 모ᄃᆞᆯ 씨ᄉᆞᆺ 두쳐오니 왕은 ᄊᆞᆼᄒᆞᆫ 정ᄒᆞᆫ 저든 ᄉᆞᆺ호고
비ᄅᆞᆯ 연ᄌᆞᆨ 일ᄌᆞᆨ ᄒᆞᆼᄒᆞ여 산ᄌᆞᆨ기ᄅᆞᆯ 도모ᄒᆞᆯ 좌ᄒᆞ여러라 왕이 닐질의
되ᄉᆞᆼ왈 ᄒᆞᆫ 아국이 젼 허ᄎᆞᆯ봉을 ᄇᆡᆺ긴ᄒᆞᆯ 이회일 허ᄉᆞᆫ더 엇지 되도
ᄒᆞᆫ 죄ᄂᆞᆫ 모ᄒᆞᆫᄃᆡ 신을 건뎌 항복ᄒᆞᆫ니 길동이 셩즁의 드러가 ᄇᆡᆨ
셩을 ᄒᆞᆫ무ᄒᆞ고 왕위의 즉ᄒᆞᆫ 후 유ᄒᆞᆯ도왕으로 의졍군을 빙
ᄒᆞᆫ미 ᄉᆞ쇽 최쳘노 좌우상 삼ᄂᆞᆫ 기여 쇠광은 각각 봉작ᄒᆞᆫ 후
반죠ᄇᆡᆨ관이 쳔셰를 블너 하례ᄒᆞ더라 왕이 위국 삼년의 산국
도젹ᄒᆞ고 도블습유ᄒᆞ니 가의 ᄐᆡ평셰계ᄒᆞ러라 왕이 ᄇᆡᆨ무ᄀᆞᆼ을 블
녀 왈 ᄂᆡ 죠션 상리 표ᄅᆞᆯ 올ᄒᆞ려 ᄒᆞᄂᆞᆫᄃᆡ 경은 슈고ᄅᆞᆯ 앗기지 말
나 ᄒᆞ고 표ᄆᆞᆯ 마셔 찰을 홍부의 부치니라 ᄇᆡᆨ무ᄀᆞᆼ이 도뎌 일ᄂᆞᆨ잘ᄒᆞᆫ

염문ᄒᆞ고 표ᄅᆞᆯ 올ᄂᆡ니 상이 표ᄅᆞᆯ 보시고 ᄃᆡ찬 왈 홍길동은
진짓 긔ᄌᆡ로다 ᄒᆞ시고 홍인형으로 위유ᄉᆞ를 ᄒᆞ이ᄉᆞ 유셔를 ᄂᆞ
리오시니 인형이 ᄉᆞ은ᄒᆞᆫ 후 도라와 모부인긔 텬즁분화을 고ᄒᆞᆫ
되 부인이 ᄯᅩ한 ᄀᆞ치 ᄀᆞᆷ을 쳥ᄒᆞ거ᄂᆞᆯ 인형이 마지못ᄒᆞ여 부인을 뫼시고
발ᄒᆡᆼᄒᆞ여 여러 ᄃᆞᆯ 만의 율도국의 이ᄅᆞ니 왕이 ᄇᆞᆺ조와 ᄒᆡᆼ안을 ᄇᆡ
셜ᄒᆞ고 유셔를 ᄇᆞᆺ조온 후 모부인과 인형으로 밧기ᄯᅥ 산슈의 슈분
ᄒᆞᆫ 후 뎐연을 ᄇᆡ셜ᄒᆞ여 즐기더라 여러 ᄒᆡ 되미 유시 홀연 득병
ᄒᆞ여 졸ᄒᆞ니 션능의 쌍장ᄒᆞ고 인형이 왕을 하직고 본국의 도라
와 명ᄒᆞ온ᄃᆡ 상이 그 모친 상ᄉᆞᄅᆞᆯ 위유ᄒᆞ시더라 ᄎᆞ셜 율도왕이
상ᄉᆞᆼ을 ᄆᆞᆺ치ᄆᆡ ᄃᆡ비 이어 기셰ᄒᆞᄆᆡ 션능의 안장ᄒᆞᆫ 후 삼상을 ᄆᆞ
치ᄆᆡ 왕이 삼ᄌᆞ 이녀ᄅᆞᆯ ᄉᆡᆼᄒᆞ니 댱ᄌᆞ 챠ᄌᆞᄂᆞᆫ ᄇᆡᆨ시 소ᄉᆡᆼ이오 삼ᄌᆞ 이
녀ᄂᆞᆫ 됴시 쇼ᄉᆡᆼ이라 댱ᄌᆞ 현으로 세ᄌᆞᄅᆞᆯ 봉ᄒᆞ고 기여ᄂᆞᆫ 다 봉군ᄒᆞ
니라 왕이 치국 삼십년의 홀연 득병ᄒᆞ여 붕ᄒᆞ니 수 칠십이 셰러
라 왕비 이어 붕ᄒᆞ미 션능의 안장ᄒᆞᆫ 후 세ᄌᆞ 즉위ᄒᆞ여 ᄃᆡᄃᆡ로 계
계승승ᄒᆞ여 ᄐᆡ평으로 누리더라

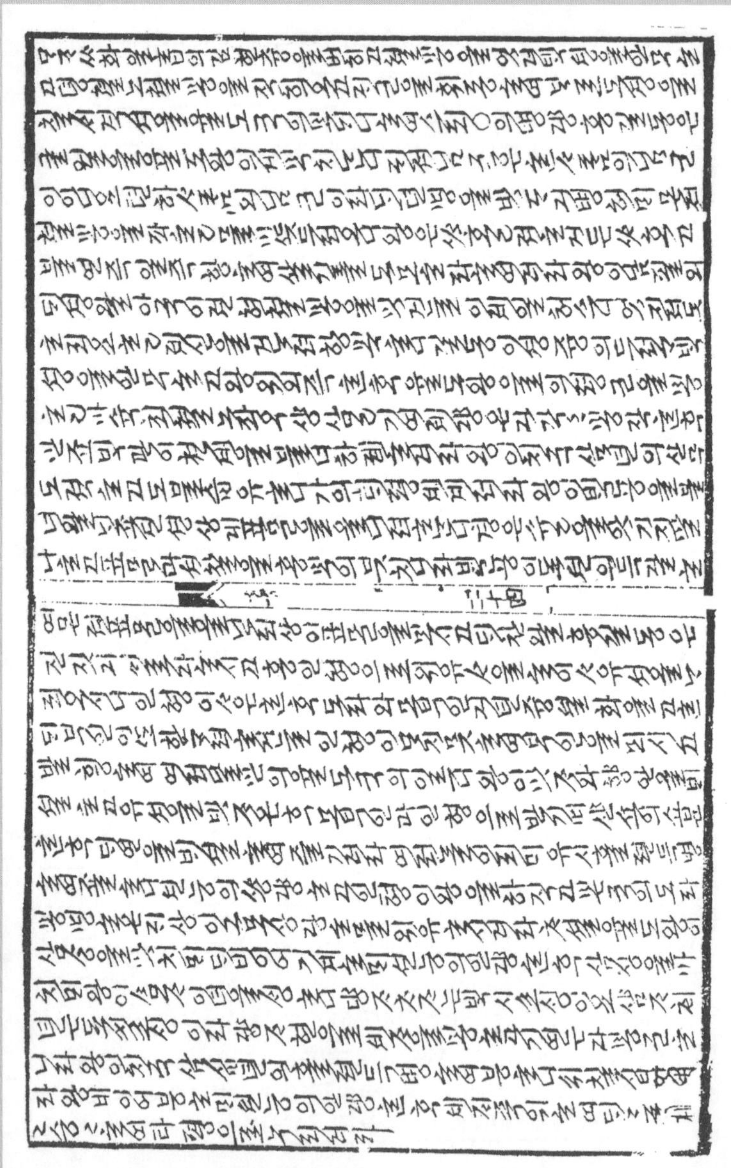